ザ・ブレット・イン・マイ・ライフ

The Bullet In My Life

瞬那　浩人

目次

第一章　土工

1

勢いよく振り下ろした腕に衝撃がきた。スコップの先が大きな石を捉えた。派手に舌を鳴らす。作業が穴掘りであることを聞かされた時は、過去の記憶が頭を過り躊躇《ためら》いがあった。五体満足な人間なら穴掘りなんか誰だって出来る。そう自分に言い聞かせて潜ったのは一時間前のこと。

配管と配線を通すためのピットは、保守作業に必要最小限のスペースしか割り当てられない。俺は違うが、閉所恐怖症の人間にとって此処は地獄だ。閉塞感のせいか、普段は気にしない呼吸の仕方すら間違えそうだ。潜る前に地盤調査の結果は「問題なし」と聞いていた。しかしながら、現場に入ったとたん、地盤調査の効力は消えた。万が一の事故なんてない。そんなふうに想像力を鈍化させる能力を俺は残念ながら持ち合わせてはいなかった。

ヘルメットに装着されたヘッドライトが照らす範囲は狭い。天井までの距離が背丈よりも低いから、常に中腰での仕事を強いられる。

作業着のベルトに着けたセンサーが二度目のアラームを鳴らす。掘る位置を確認する。狭い地下ピットに重機は入れない。当然ながら土工の負担は大きくなる。土工、それは土木工事現場のヒエラルキーにおいて、多能工と専門機械工の隙間を埋める形で雑役として存在する最下層の労働力。

転がる石のように、転がる石のように。

ビートルズの『ディッグ・イット』を心の中で歌いながら俺は掘り進む。ヘルメットの中で蒸された汗が額を伝わり容赦なく目に入る。スコップの先が捉えた忌々しい石の周りを削った。力まかせに石を引っ張りだして穴の上に出す。汗を拭って再びスコップに体重を乗せて足で蹴り込む。それを数回繰り返し、深さが目標に達したのを確認する。底面を平らな四角形に均《なら》してから、踏み台に足を掛けて穴から脱出する。

山になった土を一輪車に盛った。梅雨明けの陽射しを受ける。やはり地中とは違う。これからは屋外の土方作業がきつくなる季節だ。腰に手を当てて上体を反らす。

ショベルカーが軽々と大量の土をトラックに運んでいる。人間とは桁違いのモンスター。口の中の砂をペッと吐き出して休憩場所まで歩く。ベンチ横に置かれたウォータークーラーは粉塵で汚れていた。浄水性能が維持されているか疑わしかったが贅沢を言ってはいられない。足踏みペダルもガタガタになっていて、噴水の勢いも貧乏臭かったが、渇いた喉には生ぬるい水でも生き返る。

「よう、竜《たっ》つぁん、そっちのピットもきついかい？」

ボディビルダーのような肉体をした男がしゃがんでポカリを飲んでいた。彼は十歳以上も年上の人間に対してタメ口をきく。

「なぁに、張り合いがあるってもんだ」強がりを言った。

ブォン、ブォオーンと煩い音が響いた。コンテナを積んだダンプカーが砂埃を巻き上げる。作業着が汚れていない男が、ダンプカーの運転手に何か指示を出してから歩いて来た。若いゼネコンの社員は取り替えが簡単な労働力に対して、早く現場に戻れと無言の威圧を掛ける。先に休んでいた中年、というには若干若い方が先に立ち上がり、明らかに中年の方は首をぐるぐる回してから現場に戻った。ただ金儲けのために。

人生で一番大切な物は金では買えないだって？

ふん、そんな物はクソ食らえだ。

今の俺には金をくれ！　そうだ。金だ！

俺はビートルズの『マネー』を頭の中でかき鳴らす。

決められた時間が来た時には、腕と腰と腿とが悲鳴を上げていた。いくら金のためといっても、今日の超過労働は無理だと決めた。

「灰藤《はいとう》さん、今日は助かったよ。ご苦労さん」

時代劇では悪役しか回ってこないであろう顔が不気味に笑い缶ビール、いや発泡酒をひょいっと投げてよこした。コントロールが悪くて、危うく取り損ねるところだった。

「ああ、すまん。それと、車で送っていけねえが」

親方の話によると、俺の受け持ちとは距離のある掘削現場では、水が湧き出て苦労しているらしい。

「いやあ、気い、つかわんでください。先に帰るんで」

そんな台詞が言えるようになった俺は狭っ苦しい更衣室に向かった。今日の作業着は普段の三倍は汗と泥で汚れていた。これで電車に乗るのは流石に憚《はばか》られた。

作業着から少しマシな私服に着替えて事務所を出た。現場から歩いて駅に向かう途中、大衆食堂に入った。換気が悪いのか、焦げ臭い匂いが立ち籠めている。空いている席を見つけて座る。レバニラ定食とビールを注文する。

大衆食堂を出てから電車に乗ると、サラリーマンらしい男が多かった。汗臭い作業着は着替えたが、自分の周りから乗客が引いていく。彼らは侮蔑の視線だけで顔じゅう髭だらけの酒臭い労務者を非難する。

ふん、おまえら、上司にゴマすりして、自己保身に汲々としているんだろ。労務者は心の中で善良な市民を罵り、自分自身を貶《おとし》めた。

俺は負け犬、惨めな負け犬。見かけとは違うんだ。

今度の曲もビートルズ。『アイム・ア・ルーザー』だ。

ネグラのある最寄り駅に着いたのは九時前。今日の肉体労働はきつかった。まっすぐ帰ろうと思っていたが、大衆食堂でのビールの量が少なすぎた。二本の足はフラフラと馴染みの酒場に引き込まれる。既に店内は労務者風の客で埋まっていた。

「なんじゃい、マキちゃん辞めたんかい。あのプリッとしたケツ見ながら飲まんと、酒がうまないわ」

「オマエがキモイからやろ、バーロー」

平和な会話が聞こえた。マキちゃんとは器量は十人並みだが、こんな場末の飲み屋では珍しく若い女の子だった。

「いつか一発やったろ思とったのになぁ」

オヤジが下品極まりない台詞を言っている。別の場所では、ギャンブルで儲ける秘訣を若い男に伝授しているジイサンがいた。芸能人の噂話、政治の不満、女房に対する悪口、そんな与太話が渦巻く中、一時間で意識を失う寸前まで飲んだ。意識を失えた方が良かったかもしれないが。

飲み屋を出て、ふらふら歩いていると躓《つまづ》いて転んだ。地面に脇腹をしこたまぶつけた。一体どんな転び方をしたら脇腹をぶつけるのか不思議だった。なんとか立ち上がると、吐き気がして、両手で口を押さえた。道の端の方に行き、そこでゲロを吐いた。嫌な臭いがした。公共の場所を汚してしまった。酒を飲んで醜態を晒すなんて、以前の俺、たった五年前までは考えられなかった。公共の場所で醜態を晒す人間を俺は許容できなかった。

今の俺は人格崩壊しているのか？　俺の信念なんて泡みたいなもんだった。

2

アルコールが入った水槽に脳がプカプカ浮かんでいるような感覚だった。楽しくもないネグラへの帰路、それは俺を立ち止まらせた。何も急ぐことは無かったが、普段の俺なら、そんなものに気を掛けることもなかったはずだ。微かに記憶に留まっている道順を間違わないように朦朧となった意識に鞭を打って、見えない鉄の鎖を巻き付けられた二本の脚を機械的に動かすだけだったに違いない。ところが何てこった。いや、それに気づいたこと自体が運命だった。

「ミヤウッ」

それは何かが零れる音に似ていた。反復音ではないことが却って印象的だった。耳を澄ましたが、さっきの音は聞こえない。気のせいかと思って再び歩き出す、そのタイミングを見計らったように同じ音だ。猫の鳴き声を聞いただけ。それなのに自分が呼び止められたように感じた。今まで聞いたどんな猫の鳴き声とも違っていた。音の出所を探して辺りを見回した。自分が歩いて来た道端の隅を外灯が照らしていた。

褐色のダンボール箱があった。箱には何も書かれていない。中を確認せずに立ち去るくらいの太っ腹さはあったと思うのだが……。今になって思い返しても、あの時の自分の心理状態は説明がつかない。俺は箱を抱えて薄汚れたネグラに帰って来てしまった。

ドヤの帳場には、相変わらず世の中の不運を一手に背負い込んだ風の陰気な顔をした女が座っていた。もう何年も化粧水やクリームを付けたことはないであろう顔。客商売には不向きといえる管理人は無遠慮にダンボール箱を覗き込み、元々の仏頂面を更にしかめた。器用に唇を歪めて言う。

「ペットの持ち込みは禁止」

俺は基本的に争い事を望まない。でも、その時の俺は管理人と一寸とした口論になった。衛生上問題があるなんて、ふん、笑わせるぜ。結局、そんな口論は長引かなかった。

冷静に考えても、俺に子猫の面倒を見るなんて無理だ。子猫を捨てた誰かが思い直して引き取りに来るかもしれない。或いは俺が飼わなくても、他に猫を飼おうと思う殊勝な奴が来るかもしれない。都合よく自分に言い聞かせる。

溜息をついた。溜息なんてものは事態を好転させることはない。いつの間にかダンボール箱を見つけた場所に来ていた。それが置かれていた跡にマークは残っていなかったが、正確に同じ場所にダンボール箱を下ろした。もう一度つきそうになった溜息を抑え込み立ち上ると、思い切って身体を翻した。その刹那、信じられない声を聞いた。

白状するが、その時は本当に怖かった。自分の身体が固まって石になるかと思った。しかし、その三秒か四秒後、空耳だったと思い至った。酒に酔っていたとはいえ、そのくらいの分別はあった。意識して苦笑いをした。

五十過ぎのオッサンが猫の鳴き声を「行かないで」という少女の声に聞き間違えるなんて……。すると今度は自分が情けなく思えた。抑え込んでいた溜息を解放してから再び歩き出した。

「行かないで。あたしを……、捨てないでよ」

もう恐怖は微塵も感じなかった。思考力が落ちていたせいかもしれないが、むしろ愉快な気分だった。アルコールの過剰摂取が原因だろうか、このヨッパライの頭は相当イカれているらしい。でも幸いにして頭脳労働者ではない。イカれた脳髄と付き合ってやろうじゃないか。

しゃがみ込むと、じっとダンボール箱を眺めた。『シュレディンガーの猫』が頭に浮かんだ。量子力学の世界では、全ての事象は観測された瞬間に確立する。箱を開ける寸前まで、箱の中には、死んだ猫と生きている猫が同時に存在する……。

首を振って箱の蓋を開けた。そこには数分前に見たのと同じ子猫がいた。

「やぁ、びっくりしたよ。どうして人間の言葉が話せるんだい？」

軽いジョークのつもり。小さな猫は俺の顔をじっと見つめて口を開いた。

「どうしてって……、どうして、あなたは猫の言葉が話せるの？」

「いや、俺は猫語なんて話せない。おまえが人間の言葉を話しているんだ」

「うっそー、あたしだって人間の言葉なんか話せないよ」

一呼吸の間を置いたような反応だった。何処か遠く離れた中継局を介してコミュニケーションを取っているようなタイムラグを感じた。

子猫の頭部に電子デバイスでも内蔵されているのか？　猫が言葉を喋るという非論理的な事象をヨッパライの脳味噌は論理的に説明しようとしていた。何とも馬鹿げたことだ。今の生活に論理的な思考は必要ない。論理的な解《かい》を求めるなんて昔の生活の影響だろうか？

俺は自分が人間の言葉を話しているという絶対的な自信を持っていたが、我を通すには歳を取り過ぎていた。いや、自分の信念に固執することが面倒だったというのが正しい。

俺が猫の言葉を話しているのか、猫が人間の言葉を話しているのか、その解《かい》を追及する行為に大した価値はない。むしろ猫と意思疎通できることによる恩恵を享受すべきだ。

「おまえ、どこかの家で飼われていたんだろう？」

猫は答えなかった。やはり猫と意思疎通できるなんて幻想だったのか。諦めかけた時、猫は消えそうな程の細い声を出した。

「わからないの」

「おまえ、捨てられたんじゃないのか？　もう一度おまえを飼うように説教してやる。だから、飼い主の名前を教えてくれ」

「わからないの」

「じゃあ、わかることだけでいいんだ。よく考えて教えてくれ。君の家は一軒家だった？　それとも集合住宅？」

猫に向かって君と呼ぶのもどうかと思うが、自然にそう言っていた。人間の言葉を話せるってことは、少なくとも猫界の中では特別知能の高い種なんだろう。質問された猫は真剣に考えているのかもしれないが、いっこうに答えは返ってこなかった。

「本当に何も覚えていないの。あたしが覚えている人間はあなただけ、この箱の中から、あなたの顔を見たのが、あたしが見た最初の景色みたい」

「記憶喪失なのか？」

「きおく、そーしつ？」

猫はゆっくりと言葉を反芻し、少しの沈黙の後、ポツリと言った。

「たぶん」

どうやら俺は人間の言葉が話せる記憶喪失の猫と遭遇してしまったらしい。

「君、お腹はすいてない？」

「そう言えば……、すいている」

訊かれなければ、すいていることに気づかなかったような言い方だった。

コンビニの灯りは煌々と燈っていた。店の外に猫を待たせておいて中に入る。最初に猫の写真が描かれた缶詰を選んだ。それから自分用にナッツと缶ビールを手に取って、カウンターの前まで来た時、猫も喉が渇くだろうことに思い至り飲料エリアに引き返して牛乳を追加した。買い物を終えると、まっすぐ簡易宿舎に戻った。管理人の女は俺が同じダンボールを持っていることをなじった。

「今日でここを引き払う」

管理人は何も言わなかった。俺は荷物を取りに戻って来ただけであることを告げて、自分の部屋に向かった。ダッフルバッグは大型だったが、全ての荷物は詰め込めない。管理人に残った物は適当に処分して欲しい旨を言うと、処分費用を請求された。言い値を支払うと、管理人は最低限の愛想を繕った。型崩れした財布は見た目と同じように寒くなった。俺が此処で暮らしたのは一か月半だった。

深夜の公園はひっそりしていた。錆びついて誰も使わない時代遅れの遊具の傍で、今日会ったばかりの猫に質素な食事を奢った。人間ですら、まともにコミュニケーションができない奴が多い時代、外観こそ人間には似ても似つかないけれど、言葉が話せる相手に対して、餌をやる、なんて言うのは失礼だ。

人が、いや、人じゃないが、食事をする様子をこんなにしっかりと眺めている自分が奇妙だった。猫は礼を言わず、美味しいとも言わず、黙々と食事を摂る。何とも驕《おご》りがいのない奴。

皿に入れた牛乳はまだ十分残っていたが、猫はそろりそろりと歩いて俺の傍に来ると、地面に置いていた缶ビールの飲み口に小さな鼻をもっていきヒクヒクさせている。匂いを嗅いでいるようだ。

「これ、飲みたいのか?」

「うん、なんか美味しそうだから」

「やめといたほうがいい。『吾輩は猫である』の猫になってしまう」

「なに、それ?」

「夏目漱石……、なんだ、読んだことがないのか」

侮蔑の表情を作ってやった。猫は黙っていた。

芝生の中の平らで柔らかそうな場所を探すと、ダッフルバッグから取り出したジャケットを布団代わりにして横になった。久しぶりの野宿。


歳を取ると早く目が覚める。猫は俺の腹の上で眠っている。猫を起こさないようにそっと腹の上から下ろす。

昨夜シャワーを浴びていない。俺は潔癖症ではないがアルコールが切れると、文明に毒された感覚が戻ってくる。汚れた身体が無性に気持ち悪い。早朝の公園に人がいないのは好都合だった。公衆便所で身体を洗うことにした。猫が起きた時、俺がいないのを心配するかもしれないと思い、猫の傍にダッフルバッグを置いておく。

タオルと石鹸と着替えを持って、歩いて公衆便所に行き、着ていた服を全部脱いで身体を洗った。水道の水は冷たかったが、息を止めてホッホッと叫びながら浴びた。今が冬じゃなくて良かった。裸のまま頭も洗った。震えながら大急ぎで身体を拭く。

ダッフルバッグを置いていた場所に戻ると猫は起きていた。

「おはよう」あまり期待をせずに声を掛けた。

「おはよう」

猫は同じ言葉を返してきた。昨夜、猫が言葉を話したと思ったのは幻聴ではなかった。趣向を変えることにした。

「Ain't you a little hungry?（腹へったか？）」

「No, I'm not. Thanks for asking.（ううん、わざわざありがとう）」

「Not at all. Do you wanna ride on my shoulder?（じゃあ、肩でも貸そうか？）」

猫はピョンと身軽に俺の肩に飛び乗った。予想どおりコイツは俺に合わせて会話ができる。猫を肩に乗せたまま駅に向かった。電車に乗るわけではない。重い荷物を持って歩き回りたくなかったからだ。コインロッカーを見つけて、ダッフルバッグを預ける。

プリペイド携帯で飯場に電話を掛けて仕事を休むと告げる。普段は何も聞かずにあっさり承諾する親方が、回線を通しても珍しく困惑している様子が伺えた。

『いやね、ゲンの奴、第三組場で怪我をしたらしいんだ。それで予定していた人手が足りなくなって…』

それは俺が考えることではない。親方は未練がましく何か言っていたが、俺は無言を貫いた。結局、親方は諦めた。電話を切ってスタート地点であるダンボール箱を見つけた場所に行った。日が出ていて明るいこと以外、昨夜と変わった様子はなかった。

さて、どっちから始めるか？　くるりと周りを見渡した。何も迷う必要はない。足の向くまま歩き出せばいい。

数分歩くと一軒家が立ち並ぶ場所に来た。この辺りの住人ならペットを飼うくらいの経済的余裕はありそうだ。一軒目は建物自体は大きくないがタイル張りの玄関ポーチは洒落ていた。残念なことにタイルは砂で汚れていた。猫の額のような庭には花壇もあるにはあったが手入れが行き届いているようには見えない。玄関チャイムを鳴らした。ドアを半開きにして顔を見せたのは平たい顔の女だった。

「こんにちは。この猫、こちらで飼われていた猫じゃありませんか？」

女は明らかに不審の表情になった。

「昨夜この近くで偶然この猫を見つけたもので」

「うちは動物、飼ってないのよ」

「そうですか、失礼しました。この猫、見たことはありませんか？　どこかで飼われていたと思うんですが」

女はバタンと大きな音でドアを閉め、カチャリと鍵を掛けた。猫が声を上げた。

「やな感じーっ」

俺は逃げるようにその場を離れた。

「驚かすんじゃない」

「大丈夫よ。猫が喋ったなんて誰も思わないから」

「俺が言ったと思われるだろう」

「意外ね」

それは正しかった。今の俺は他人にどう思われようが気にしない人間のはずじゃないか。子猫なんかを連れていると、どうも調子が狂う。その後も周辺の住宅地を一軒一軒歩いて回ったが、結果は芳しくなかった。俺だけ歩き疲れた。

猫と一緒に食堂には入れないだろうから、食い物を買って公園で摂ることにした。今回は黙々とキャットフードを食べるだけの猫ではなく、社交性のレベルが上がった。

「ビール、好きね」

俺はニッと歯を見せた。

「ああ、そうだ。ねぇ、『吾輩は猫である』の猫って、どうなったの？」

猫にとっては決して愉快ではないはずのエンディングであるが、今後、俺のビールを横取りされないためにも真相を明かすことにした。

「急性アルコール中毒で死んだんだ」

猫は暫く黙っていたが、突然、

「それ違うわ。酔っぱらって脚を滑らせて、大きな甕《かめ》の中に落ちて溺れちゃったのよ」

「そうだったかな」

「確かにそうよ。思い出したわ」

猫に日本文学の講義を受けるとは中々出来ない経験である。

3

朝日が眩しかった。目印になるような大きな建物は当時もなかった。狭い砂利道、周りに草木が多かったことは憶えているが、記憶は曖昧で今歩いている道が合っているのか、まるで自信がない。俺の肩の上でモソモソと猫が動いた時、遠くに一軒の家が見えた。小さな平屋だが、みすぼらしさはない。凛とした佇まいを感じるのは美しい瓦屋根と立派な庭木のせいだ。

立ち止まり記憶を蘇らせる。近くの電信柱に寄り掛ると、三分くらいか、ぼんやりとその家を眺めていた。

「行かないの？　だから、髭剃ったらって言ったのに」

俺は応えなかった。猫も黙って家の方を向いていた。

家の中から女性が庭に出てきた。彼女は雑巾らしきもので丁寧に物干し竿を拭くと、洗濯物を吊るしていった。彼女の顔には休日の朝の細《ささ》やかな平和があった。彼女は洗濯物を全て干し終えたようだ。両手を上げてストレッチをした。彼女の目が大きく見開かれた。

俺は動かなかった。彼女は俺の方に駆けて来た。まるで若い娘のように。

「竜也さん、竜也さんなんでしょう。さあ、入ってよ」

彼女が今の俺に気づいたことは意外だった。

「いいんですか？」

「そんなこと……、言わないで」

彼女は目を細めて人差し指を俺の肩の上に伸ばした。

「可愛い猫ちゃん、どうしたの？」

「捨てられていたのを拾ったんです」

「それは善い行いだったわ」

教会のシスターに褒められた気分だった。

「十日前。飼い主を探し回ったけど、見つからなくて」

「動物って可愛いでしょう」

「そうですね」

急に彼女は顔を引きつらせた。彼女の視線の先は俺の肩の上、紛れもなく猫を見ていた。猫を怖がっているのかと思ったが、彼女は愛おしそうに目を細めると小さく頷いた。

「さあ、中に入ってよ。あたし、独りよ」

彼女は胸を張るように言うと、俺の腕をぐいっと引っ張った。

「じゃあ、遠慮なく」

猫が「ミヤウ」と鳴いた。

「どういたしまして」

俺は驚いた。

「幸恵《ゆきえ》さんも猫の言葉がわかるんですか？」

彼女はプッと吹きだした。

「わかるわけ、ないじゃない」

彼女の顔は若かった。まるで時間が止まっていたように。

玄関横にプランターが並んでいた。淡い赤紫の花びらが咲いていた。アサガオに似ているが少し違う。俺は花の名前をあまり知らない。

下駄箱の天板には、マシュマロのような小さな白い犬の置物が飾ってあった。今年は戌年だと思い出した。四年前に一度来て以来だった。

「おなか、空いているんでしょう。何か作るわ」

「すみません。でも俺より、コイツに何か食べさせてやって下さい」

「あら、猫ちゃんもお腹が空いているのね。ハイハイ」

彼女は猫の頭を撫でると、台所に立った。すぐに肉の細切《こま》れを乗せた皿を持って来た。

「さあ、召し上がれ。竜也さんはもうちょっと待っててね」

猫は「ミヤウ」と鳴いてから食べ始めた。

「まぁ、いただきますが言えるのねぇ。お行儀がいいこと」

俺はまた驚いたが、彼女は笑って台所に戻っていった。

猫は食べることばかりに集中している。数分後、俺も食事にありついた。牛肉と野菜を炒めたものに、白いご飯とみそ汁。

「有りあわせの材料で悪いんだけど」

普通の家庭料理が恐ろしく美味かった。食べ終えてから、彼女の手料理の味を思い出そうと試みた。しかし駄目だった。猫の様子を見ると、皿の肉を綺麗に平らげていた。

「竜也さん、身体、臭いわよ。ずっとお風呂に入っていないんでしょう」

「着替えはある？」

「はい」

「良かった。家には男ものの下着はないから」

その言葉は何だか、今でも独りで暮らしていることを強調しているように聞こえた。

風呂から上がると、グラスに入った烏龍茶が用意されていた。至れり尽くせりであるが、俺は注文を出した。暖かい風呂が俺の筋肉と一緒に気持ちもほぐした。

「ビールの方が良かったんだけど」

「竜也さんに出すお酒はないわ」突き放すように言われた。

「今でも飲んでいるのね」

彼女は俺から視線を外しグラスを見ていた。俺はそのグラスに手を伸ばした。

「来てくれて良かった」

彼女の手には茶色い封筒があった。四年前に俺が彼女に送り届けていた書留。

「やっと竜也さんにこれを返せるわ」

封筒を受け取った。中から預金通帳と印鑑が出て来た。残高が僅かに増えているのは年二回の利子のせいだ。

「全然使っていないんだ」

「当たり前でしょう。急に預かっておいてくれって。こんな大金を送られて……。あたし、あたし」

彼女の声は震えていた。

「ゴメン」

「でも、良かった。生きていてくれて」

そうだ。俺はまだ生きている。彼女の四年間を聞きたくなった。彼女も俺の四年間を聞きたいだろう。しかし二人共、言い出しかねていた。猫は静かに俺たちから離れて家の中を探検して歩いている。

俺の方が沈黙を破った。

「俺、老けただろう？」

「そうね」彼女は気やすめを言ったりはしない。

時間が愚鈍に流れていく。彼女は俺の胸を見ていた。

「でも、逞しくなった」

「肉体労働していたんだ。信じられないだろう」

少しおどけた振りをしたが、サマになっていない。俺は壁に掛けられた時計を見た。振り子がゆっくりと時を刻んでいる。正午を過ぎていた。

「ありがとう。もう行かないと」

俺が片膝をつくと、彼女は俺の動作を手で制して先に立ち上った。

「コーヒー、淹れるわ」

通帳を受け取って、すぐに帰るのでは、金を受け取る為だけに来たように思われる気がした。中途半端に上げた腰を静かに下ろした。

キッチンの方からミルでコーヒー豆を挽く音が聞こえた。中枢神経を優しく刺激する香り、もう何年も忘れていた香りが漂ってきた。焙煎された豆がミルで粉砕される時は、その生涯の中で最初に強い香りを発する瞬間。いつの間にか猫が俺の傍に戻っておとなしくしていた。

コーヒーカップは変わっていなかった。幸恵は猫の頭を撫でた。

「名前、なんていうの？」

「名前はまだない」有名な一節を棒読みしたが、彼女は真顔で、

「それは可哀そうよ」

うけなかった。あの猫もずっと名前が無かったはずだが。

「あたし、名前を考えてもいい？」

「いいよ」

幸恵は猫を抱いて観察する。

「この子、男の子？　女の子？」

「雌だと思うが」

幸恵は猫の股間を覗き込んで首を捻っていた。子猫の場合、雄か雌かの判別は素人には難しいようだ。結局、毛の色から『マロン』という名前に落ち着いた。マロンはすぐに自分が『マロン』という名前になったことを理解した。「マロン」と呼んでやると、愛嬌をふりまく。どうやら自分の名前が気に入ったようだ。

幸恵の車に乗って喫茶店に行くことになった。俺は髭を撫でながら躊躇っていたが、幸恵は強引に俺を車に乗せた。

そこはログハウス風の外観だった。店内も外観どおり素朴な雰囲気だ。俺たちは窓辺の席に座った。外でマロンが遊んでいるのを見ながら、二枚のピザ、マルゲリータとジェノヴェーゼを分け合った。家に帰ってからも、俺たちはずるずると無駄に時間を紡いでいた。夕暮れが近づいて俺は言った。

「帰るよ」

「うそっ」

彼女は正しい。俺に帰る場所はない。

「二十年前のこと、あたし後悔なんかしていない」

「わかっている」

「俺もだって……、言ってくれないのね」

ゴメンという言葉を飲み込んだ。

「愛の代わりは出来ない。そんなこと、わかっているわ。でもまた来て。たまには電話ちょうだい」

彼女はカードに数字を書いて俺に押し付けた。

賢い女性は決して約束を強要はしない。俺はカードを懐に仕舞うと、玄関に向かった。彼女は玄関口で俺の肩に乗った猫の頭を撫でた。

「マロン、ありがとう。お金が要るようになったのは、マロンを飼うためなんでしょう」

彼女は何でもお見通しだ。

「じゃあ、元気で」

「あなたも」

彼女の言葉を耳に残して、気持ちを柔らかくする場所を出た。強がりではなく辛くはなかった。永遠の別れだなんて思わなかった。

行先は決めていないが、とりあえず駅に向かった。歩きながら幸恵の顔、猫を最初に見た時の顔が脳裏に浮かんだ。あれは驚きの表情に見えた。

「おまえ、幸恵さんのこと知っていたのか?」

猫は何も答えなかった。せっかく名前を付けられたにも拘わらず、おまえと言ったのが気に入らなかったのか?

「マロン、言葉が解らないのか?」

マロンは「ミヤウ」とも鳴かなかった。気まぐれな奴。

4

そこは小屋という表現が相応しい。玄関ドアを開けて中に入ると、三和土《たたき》は半畳程度の大きさで、隅の方にひび割れがある。上り框はしっかりと高さがあり、この家がアパートでなく一軒家であることが伺える。狭いながらも玄関ホールと呼べる空間には引き戸があった。それを開けると、ダイニングキッチン。天井の照明器具は白熱電灯で、流し台は俺が子どもの頃に見たような代物だった。流し台を見ると、所々錆びついている。

風呂場は小さなバスタブの横に風呂釜が付いていた。

「この風呂釜は壊れていて使えないんです」

一番安い物件のせいか、不動産屋の顔は申し訳なさそうには見えなかった。外に給湯器を付けたから、湯を沸かすことは出来るという。使えない風呂釜なら、それを外してバスタブを大きくした方がいいのにと思った。

部屋は和室だった。畳は少し柔らかくなっているし、壁紙も汚れている。不動産屋と契約しているこの家の所有者はリフォームする気は無いようだ。

こんなボロ家でもリフォームすれば入居希望者はあるだろう。それで収益が上がるのは確実だと思うのだが、大家にリフォームするだけの資金力がないのか、収益を上げることに執着しない性格なのか。

「次の物件、見に行きますか？」

建物自体は古いが、ドヤ街の簡易宿所と比べれば雲泥の差である。もちろん破格の家賃と保証人不要という二点も大いに魅力だった。

「いや、ここに決めます」

不動産屋は一瞬意外そうな表情を見せたが、すぐに商売人の顔に変わった。

不動産屋が帰ってから、時代遅れの空間の中で壁や引き戸を眺めて回った。

マロンの食事の準備を始める。といっても皿にキャットフードを盛れば終わりだ。黙々と食べることに集中する猫を見ていた。

何となく仕事をする気がしなくなって怠惰な時間を貪っていると、八日目に最初の訪問者があった。ＮＨＫ受信料の集金人である。集金人に室内を見せた。テレビが無いことを確認しても、集金人は引き下がらなかった。彼は屋根にアンテナが設置されていることを指摘してきた。

「じゃあ、あのアンテナを撤去してくれ」

集金人は諦めて帰った。

その後、お決まりのように宗教のチラシを持って二人組のオバサンや新聞の販促員が登場した。彼らの声は一様に美しくない。俺は静かにドアを閉めた。

時間は徐々に決まったルーティーンに振り分けられるようになっていた。決まった行動とは朝の散歩である。家の周りを気ままに冒険していたマロンだったが、いつの頃か俺の散歩に合流するようになっていた。

そんなある日のこと。冬ではないから日向ぼっことは言えないが、ベンチにちょこんと座って、ぼんやりと人の行き来を眺めていた婆さんに声を掛けられた。

引っ越してから、ご近所さんにさえ声を掛けられたことのなかった俺はぎこちない挨拶しかできなかった。人の良さそうな婆さんは猫好きのようで、マロンはおとなしく頭を撫でてもらっている。

「飼い主と一緒に散歩するネコちゃんなんか初めて見たわ」

俺は好きでもない笑顔を作っていた。『風と共に去りぬ』の中で、愛娘《まなむすめ》が生まれて乳母車で散歩するレット・バトラーみたいだと思った。もちろん見た目が似ているなんて自惚《うぬぼ》れてはいない。

コンビニでビールと弁当を買って家に帰った。

翌日も同じ道を散歩した。

「今日もいい天気で」

「そうですね」

その日も他愛のない会話をほんの少し交わしただけだった。

婆さんが話し上手で聞き上手だったこともあるのだが、何度か話をするうちに、婆さんには、孫が四人いて三人は就職しており一人は学生であることを知った。俺の方も自分のことを全く言わないわけにはいかず、独身で失業中ということにしていた。

「奥さんには逃げられたん？」

「死別なんです」

「まぁ、そりゃあ悪いことを聞いたわねぇ、ごめんなさい」

「いいえ全然。もうずっと昔のことですから」

妻の死を忘れることはできなかったが俺は笑っていた。自分が日本人であることに嫌気がさす瞬間。笑いたくない時に笑える奇妙な民族。

「まだ若いんだから、再婚しなさいな」

婆さんに言われた。

散歩していると景色はいつも陽気な雰囲気を運んできた。足を止めて木々の葉を眺めていた。それらは夏の陽射しをキラキラ反射している。しわがれた声が耳の中で響いてくる。美声とは程遠く微妙に音程がずれている。

ルイ・アームストロングの『ホワット・ア・ワンダフル・ワールド』を聴いたように感じた。綺麗なものを見て綺麗と感じる力を俺はまだ失っていなかった。

マロンを見て、今は帰る場所があると実感する。帰る場所とは豪華な屋敷であるかボロボロの小屋であるか、そんなことは関係ない。独りぼっちの場所ではないということだ。そのことが影響したに違いない。何年振りかであの夢を見た。

——静かな夜、たった独りで土を掘る男。大きな穴ができて男はスコップを地面に突き刺す。穴の底は吸い込まれそうな黒い闇。麻袋の底をぐいっと持ち上げると裸の死体がゴソッと滑り落ちた——

うなされて起きることはなかった。四年間の日雇い暮らしで、肉体改造された俺は悪夢に対する耐性も強くなっていた。

5

今年は記録的な猛暑だ。熱中病になって緊急搬送される人が増えているらしい。日本政府は国民にエアコンを使うようにと呼びかけている。こんなことは異例だ。俺としては、それほど欲しくもなかったのだが、善良で従順な日本国民として政府の指導に従いエアコンを買ってやった。

しかし怠惰な生活は長くは続けられなかった。唐澤幸恵から自分の預金通帳を受け取っていたから経済的な問題は無かったが、若干醜くなり始めた下腹部に俺自身が嫌悪したからだ。若くない肉体は運動をしなくなると、たちまちビールのカロリーを消費できなくなる。

自分の住まいからかなり離れた場所で、早朝に寄せ場が開かれることを聞いた。寄せ場とは日雇い労働者を斡旋する労働力の市場である。早起きをして電車に乗って、寄せ場が開かれるという場所に行った。その日から再び日雇いの仕事に戻ることにした。そうなるかもしれないということは、前の晩にマロンに言っておいた。

手配師は何処の寄せ場でも同じ匂いを纏っている。彼等は自分の肉体を酷使しない。労働者に仕事を紹介する代わりに労働者の給与から一定額を天引きして生計を立てている。そこには富める者と貧しい者の縮図が見られる。

集まってきた人間の外見は様々であるが、年齢層の中心は四十代から五十代であることは此処でも同じだ。驚いたことに下は学生と言っても通りそうな若者がいた。彼は耳にピアスをしていた。当然ながら周りから一人だけ浮いている。今が夏休みであることに思い至った。興味本位で日雇い労働の世界を覗き見しようというのだろうか。

集団の年齢層の中心にいた俺は、すぐに小太りの手配師から声を掛けられた。

その後、手配師は三人に声を掛けていた。俺を含めて四人の労働力が確保されると、俺たちはシートのスプリングがへたったライトバンに乗せられた。手配師は乗らずに、運転手に何かを告げてから去って行った。ピアスの兄ちゃんは残された集団の中でポツンと立っていた。何故か俺の顔ばかり気にしているように見えた。

ライトバンが着いたのは郊外のショッピングモールの建築作業現場だった。


俺が仕事で留守をすると、マロンは独りぼっちになるが、彼女は全く気にしなかった。飼い主に依存しすぎない点はやはり犬ではなく猫なのだ。彼女は一人で家の周りを探検するようになった。洗面所の小窓はマロン専用の出入口。開口は狭く小さな子どもでも通れないほどだから、そこから泥棒に入られる心配はない。

マロンは楽天家だった。自分が記憶喪失であることに少しも悩む素振りを見せなかった。俺は猫であれ犬であれ、ペットを飼ったことがなかったから比較できないが、マロンは好奇心旺盛な方だろう。あの夜、縫いぐるみのような小さな姿を初めて見た時は消えて無くなってしまいそうに思ったが、意外にも彼女はおてんば娘なのかもしれない。

ある日、彼女はネズミを見つけて追いかけ回したという武勇伝を披露してくれた。

「そのネズミ、捕まえて食べたかい?」

「まあ、なんて野蛮なことを言うの。食べるわけないでしょう」

「なんてこった。縄文時代、ヒトは狩猟生活をしていた。イヌは猟の助手になるから、可愛がられるようになった。その後、大陸から農耕が伝わった。それが弥生時代だ。農作物を食べてしまうネズミをどうやって捕まえるかが大問題になった。そこで、ネコの登場だ。ネコはネズミを食べるから、ヒトに可愛がられるようになった。マロンのご先祖様はそうやって、こんなに増えたんだぞ」

「そんな大昔の猫といっしょにしないで」

マロンはちょこっと鼻を上に向ける。鼻が低いからツンとすました感じにはならない。確かに猫は転職したのだ。ネズミの捕獲業から、ストレス社会の人間を優しく癒すセラピストに。


肉体労働を再開させて四日目。その日の朝、最初の日に見たピアスの兄ちゃんを見た。最初は学生かと思ったが違うと確信した。彼には学生が待つ独特の雰囲気、呑気で軽い雰囲気が全く無かった。興味本位で寄せ場に来たとは思えなかった。彼は寄せ場に集まる中年の人相風体を確認しているようだった。人探しだろうか。

建築現場で作業をしている時も奴の顔が頭の隅にこびりついていた。仕事を終えて朝と同じライトバンで朝の集合場所まで送り届けられた。夕闇の中、寂しい公園には外灯があったが光っていない。電球が切れているのか。

「灰藤さんも、今日は一杯行かねえか？」

明日は休業日であることもあってと思うが、一緒に働いた「セキさん」と呼ばれている男から声を掛けられた。彼は俺よりもかなり歳を取っている。高齢で日雇い労働に携わっている者は、それまでの人生をうまく送れなかった人であることが多い。そういう人は必然的に自分のことを話したがらないし、他人のことにも興味を持たない。他人との関わり合いを極力避けようとする傾向がある。

セキさんも自分の過去は話さないし、他人の過去を聞いてくることはなかったが、俺は彼とは気が合った。仕事の合間の雑談で解ったことだが、彼は外国の歴史や美術にやたらと造詣が深かった。

昨日、セキさんから何処かの美術館でモネの作品が特別展示されている話を聞いた。その時、モネやルノワールといった印象派の作品についての講釈を受けた。こっちは美術に詳しくないから、彼が口からデマカセを言っているのか、どうかは判断できなかったが、もしデマカセだとしたら、それはそれで大した才能である。

「いや、悪いが、やめとく」

断るときはやんわりと断らなければならないことを俺は経験から知っている。俺はマロンに早く会いたくて、駅への歩みを速める。まるで新婚ほやほやの夫のようだ。

暫く歩くと暗がりの中、背後から俺を追い越した人影が急に振り返り手元を光らせた。男はケータイか何かのライトを俺の顔に向けた。眩しさは大したことないが、俺は顔を逸らせた。いくら夜でも人の顔を見るのにライトを当てるとは礼儀をわきまえない奴。

「なんなんだ?」

「やっと一人になったな」

「誰だ?」

男は自分の顔に下からライトを当てた。夜にぼーっと浮かび上がる顔は気持ちよいものではない。

「名前を言え」

「やっぱり、わかんねえか。まぁ、そうだろうな」

「ひったくりだったら、盗るものなんかないぞ」

男は不気味に笑った。馬鹿な台詞を言ったと思った。次の瞬間、腹に強烈な衝撃がきて、ゲボッと咳き込んでいた。なんという挨拶だ。男の拳が俺の腹に命中していた。反射的に腹を押えて身体を前屈みにした。第二段は腹ではなかった。顔に打撃を受けた。嫌な味が口の中に広がる。俺は血の混じった唾を吐いた。

迂闊だった。油断さえしなければ相手の二発目は避けられた。相手は若いが、こっちは肉体労働で鍛えている。

「なんだ、おまえー」

こんな奴、ぶちのめしてやる。俺はファイティングポーズをとり、男に向かって思いっきり拳を突き出した。俺の前で男の身体はふっと消えた。パンチは空振りに終わった。

「あほんだらぁ」

男はドスの効いた声で怒鳴り返してきた。俺はやみくもに腕を振り回した。まるで漫画の中の喧嘩のようにリアリティがなかった。俺のパンチの幾つかは相手を捉え、幾つかは空振りだった。悪いことに命中率という点では相手が圧倒的に勝っていた。当たり前だ。俺はこの歳になるまで本気で殴り合いをした経験がなかった。

「今日はここまでにしといてやる」

何故か急に男は捨て台詞を残して逃げていった。俺はその場に崩れ落ちた。暴漢が去った理由はすぐに解った。誰かが通りかかってくれたのだ。

「だっ、大丈夫ですか?」

「ああ、ありがとうございました」

しゃがんだまま頭を下げた。通行人はすぐに駅の方に歩いていった。関わり合いになるのを恐れたのだろう。唇に手を当てると血が付いた。

過去　七年前

1

きつい一日だった。もはや『二十四時間戦えますか』なんて時代じゃないのに……。

本部長は私を犬のようにこき使う。そんな不満を抱きながらも通勤電車に揺られ車窓から昨日と変わらない夜景を見ている。私はしみじみと思う。本部長には感謝している。本部長が拾ってくれたから私は今でも会社に居場所がある。エンジニア時代とは異なる種類ではあるが、やりがいも感じている。

その日が特別な日であることは覚えていたが、敢えて意識しないように努めていた。会社には私と同年代の社員も多い。既婚者は独り身を羨ましがり、独身者は家族持ちを羨ましがる。彼らと話をして、みんな同じなんだ、と自分に言い聞かせていた。

ドアの鍵を開けて家に入る時に「ただいま」と言うのは単なる習慣に過ぎない。返事がくるのを期待しているわけではない。ところが、クラッカーがパーンと弾けた。

「おかえりなさーい」

玄関ホールに優美《ゆみ》が立っていた。

「さぁ、早く入ってよ」

「おかえりなさいませ。旦那様」

エプロン姿で現れた智子さんが丁寧に頭を下げた。

「あれっ、まだ帰られていなかったんですか。すみませんね」

「いいえ、とんでもございません。お嬢様から一緒にお祝いしようって仰って頂いて。ああ、お持ちします」

手を差し伸べてきた智子さんにブリーフケースを渡すと靴を脱いだ。優美と智子さんに挟まれてダイニングルームへ入った。

テーブルには料理の皿が並んでいた。真ん中の皿に堂々と鎮座していたのは白いクリームと赤いイチゴ、幾つものロウソクが立てられたホールケーキ。優美は自分と智子さんとで作ったことを自慢した。照明を暗くする。イベントは本格的に行わないといけないらしい。

来年はついに五十歳の大台に乗ってしまうオヤジにとって、自分の『ハッピー・バースデイ・トゥ・ユー』を聞くのは何とも擽《くすぐ》ったかった。

「こんな美味いミートローフは初めて食べたよ」

「パパ、バジルが好きだから沢山入れたんだ」

父娘の会話は弾んだ。ケーキに着手する時には腹いっぱいになって苦しいくらいだった。壁の掛け時計の針は九時半を指していた。夜なのでコーヒーではなく茶葉を入れない花だけのジャスミンティーを飲んだ。杏里が歌う『眠り誘う薬』かどうかは解らないが。

電話でタクシーを呼び、優美を残して智子さんを送りに外に出た。

早いもので彼女が通ってきてくれるようになってから六年が経っていた。二人目のお手伝いさんが、これほど長く勤めてくれるとは思っていなかった。彼女はもう七十歳をとうに超えているはずだ。あと何年勤めてくれるだろうか？

家に戻るとプレゼントを手渡された。ペイズリー柄のネクタイだった。

「ママの代わりだから」

「えっ？」

「だって、パパの誕生日、ママからのプレゼントはネクタイだったんでしょう。昔、パパが教えてくれた」

そう言われても思い出せなかった。

こんなに優美と話をしたのは何時以来だろうか。幸せな時間だった。そんな父親に付け込んで、優美は自分の携帯電話をスマホにグレードアップするという作戦を成功させた。父親は中学生にスマホはまだ早いと言っていたのだが、娘は有能なネゴシエーターだった。優美の「三年生はみんな持っている」という言葉を信じたわけではない。娘は受験勉強を疎かにしない。進学校の名前を言って、そこに合格するように頑張るからと約束した。

「おやすみなさい」

優美は自分の部屋に行った。私も眠ることにしよう。

今日の仕事はハードだった。犬のように働いたんだ。

ビートルズの『ア・ハード・デイズ・ナイト』が頭の中で流れていた。

2

面倒な会議が複数入っていたこともあって、少し早めに会社に入った日のことだ。オフィスでは既に数人の社員が出社していた。その中の一人は流暢なポルトガル語でブラジルの支局とテレビ会議を行っていた。聞こえてくる話の内容から、もう終わりそうだった。サンパウロと日本との時差はマイナス十二時間だから、現地は午後七時五十分である。

「Obrigado. Tchau, boa noite.（ありがとう、それじゃあ、おやすみなさい）」

彼がそう言って画面のスイッチを切るのを待って、私は声を掛けた。

「おつかれさん」

「おはようございます。灰藤部長」

彼からプロジェクトの進捗状況の報告を受けた。仕事は順調だ。私は自分のデスクに向かった。

積まれた書類の山を見れば、今年、連結従業員数が六万人を超えたＩＴ企業には思えない。

四年余り前、会社は全社的にペーパーレス化を推進し、その結果、各種の業務アプリケーションが開発された。ワークフロー業務は確かに効率化という点では成果が上がった。しかし毎回同じような画面を見ながらクリックする作業は、知らず知らずのうちに人間の想像力や思考力を鈍化させていた。システム導入から一年半後、中国企業と協業して開発したシステムにおいて大きな問題が発生した。システムに磁気インクのリード／ライトを行うデバイスがあったが、そのインクの供給が出来なくなった。現地で調達したインクメーカーが経営破綻したのだ。機器を大幅に改修するため日本から数名の技術者が出張した。会社は顧客に対して莫大な賠償金を支払うことになった。デスクワークによる効率主義に走り、現場を疎かにしていたことの弊害だった。当時の本部長はこの経験を教訓として捉えることにした。支払った賠償金は現場第一主義の重要性を再認識する授業料となった。社内の業務は大幅に見直しがなされ、現物確認が基本、少なくとも紙の資料をしっかり精査する。それが会社の基本ルールになった。

そして今、私のデスクはペーパーレスというトレンドに逆行する状態になっている。書類に目を通して、優先順位に応じて要件を割り振った。時間にして約十分。それはディスプレイの前のスペースを開ける作業であると共に今日一日をどう使うか、概略の工程表を頭の中で整理するためのものである。

ＰＣのメールをチェックする。レターアイコンの前に表示される緊急案件を示すマークの数に一喜一憂してしまう。

件名に星マークが並んだメッセージは特に目立った。差出人の意図は功を奏した。大原隆行は先週もメールを送っていた。私はやんわりと断っていたが、同期の誼《よしみ》で最初に開くことにした。内容は予想どおりだった。彼が相当困っているのは解るが、自分の仕事を優先させた。会社から貸与されているスマホが鳴った。大原は私のメール開封をチェックしていたようだ。

『今日だ。なあ、頼むからこっちに来てくれよ』

「駄目だ。私はもうエンジニアじゃない。期待してもらっても無理だ」

『灰藤ちゃん、そんなこと言わないで。なっ、俺が社長になったら、常務に引き上げてやるから』

「それ、何人に言っている？」

『仕事の出来る灰藤さんだけに決まっているでしょう』

思わず苦笑した。相変わらず大原は調子がいい。

『あっ、俺のこと、調子がいい奴だって思った？　まぁ、確かに口だけで事業部長まで登りつめたのは確かなんだが……、今回のプロジェクトが失敗すると、ちょっとやばい。越戸《こしど》の奴が俺を追い落とそうと企んでいるからな』

越戸は八年前、私の上司だった。新製品開発の段階で起きた品質問題は越戸の判断ミスが原因だった。越戸は責任を私一人に押し付けて責任を逃れた。そのことを知る社員は少なくなかった。大原もその中の一人だった。しかし専務の娘婿である越戸に逆らえる人間はいなかった。私は異動になった。後輩が送別会を企画してくれたが、私は辞退した。自分の荷物をまとめている時、越戸は自分としては残念だが、部長判断なので仕方がない、と言った。左遷であることに間違いはなかった。回想は大原の声で遮られた。

『もしもーし』

「ああ、聞こえている……。悪いが力にはなれない」

『越戸だぞ。あんな奴にこれ以上大きな顔はさせられない。そう思うだろう』

「社内政治には興味がない。それに忙しい」

『おやおや、経営企画部は全員がエキスパートやろ。そっちは優秀な部下に任せて、ねっ。こっちなんか、技術課長ですらスーパーバイザーなんだから』

　社内の職能階級で「エキスパート」は「スーパーバイザー」の上位にあたる。当然ながら報酬も相応の差が生じる。

『それに問題になっているのは、ＤＣＭ―八〇。ロングランをこれでディスコンにするのは灰藤だって辛いだろう』

　ディスコンとはディスコンティニュー、製品の生産を打ち切ることだ。

「大原、今の第六世代は昔のそれとは全然違う。そんなことは解っているはずだ」

『もちろん解っているさ。でもね、初代の生みの親である灰藤の目で見てもらえば、きっと何かが解ると思うんだ』

「買い被りだ」

『頼む』

私の言葉に大原は被せてきた。

溜息をついた。決心するための溜息。

自分の席から少し離れた場所には、ギャルズの三人がPCに向かってキーボードを叩いていた。

全員三十五歳以上の既婚者なのだが、サポートスタッフのリーダーは厚顔にも自分達のことを『ギャルズ』と勝手に命名した。彼女たちは雑用なんかしない。タクシーの手配を自分で行うと、先週の大原のメールに添付されていた技術資料をプリントアウトしてから、リーダーを呼んだ。

「佐々木さん、ちょっと」

「はい、部長」

ファイルを持った彼女の化粧は濃いが、今それはどうでもいい。

「今日の私の会議、急に出られなくなりました。佐々木さんの方で対応できますか？」

彼女はファイルの書類を見ながら答えた。

「二つの会議は私の方で調整できます。でも知財本部とRS事業部との三者会議は、ジュピター社とのライセンス契約が絡んでいますので、私ではちょっと」

「それについては関根チーフの指示を仰いで下さい」

彼女に必要最小限の指示を出してからオフィスを出た。幸運にもタクシーは大した渋滞に遭うことなく新幹線に間に合う時間に駅についた。これなら午前中に工場に入れる。

シートに座ってからスマホで大原にメールを送った。

大原は会社の備品であるにも拘わらず絵文字で返信してきた。感謝しているという意味だろうが解り難かった。その後、ブリーフケースから技術資料を取り出して読み始める。最初にブロック図と切り替えタイミングのスレッショルド設定をチェックした。十分にマージンがありそうで、設計上の問題はないように思えた。

出発してから半時間ほど経って社内販売が入ってきた。コーヒーを買った。

目的の駅に着いて改札口を抜けると、すらりとした女性が私に近づいて来た。

「お世話になります。灰藤部長。お迎えにまいりました」

初対面だったが、女性は私の顔を知っていた。

社内のメール・システムでは、最近、顔写真表示機能と誤送信防止機能が追加された。社内にメール送信する場合、相手の顔写真が出るが、社外にメール送信しようとすると、顔写真は出ずに送信アドレスを再度確認するようにとアラートが表示される。

彼女は事業部長秘書の吉川清美と名乗った。駐車場にあったのは社用車ではなく左ハンドルのロードスターだった。

空は快晴。美女と二人でオープンエアの風を受けていると、仕事で工場に向かっていることを忘れてしまいたいと思った。思うくらいはいいだろう。私は独身なんだから。

十分足らずのドライブで前方に巨大なビルが見えてきた。この工場に来るのは四年振りだった。以前はグラウンドと言うには名ばかりの雑草だらけの空き地だった北側のエリアに、今は何台ものショベルカーが入って土を掘り起こしていた。来年稼働予定の新工場の建設工事が始まっていたのだ。

　美人秘書は敷地内に入り建物にすぐに入れる駐車場、重役専用と思われる場所に車を停めると私を案内した。通された場所は会議室だった。

　十人くらいだろうか、社服の男たちが会議をしていた。何人かは私を無視してプロジェクターでスクリーンに映し出された画像を見ていた。何人かは視線をこちらに寄越した。あからさまに敵意の籠った目もあった。現場を知らない本社の人間がノコノコやって来て迷惑なことだ。顔にそう書いてある。経営企画部に移る前の私がそうだった。

「ああ、みんなに紹介しよう。灰籐部長だ」

　大原が私の前歴を話すと、敵意の目は恐縮の目に変わった。それは私にプレッシャーを掛けた。

　昼休みを告げるチャイムが鳴った。

「時間がきたが上岡主任、灰籐部長に説明してくれ。それから昼にしよう」

　大原が一人を指名した。この会議のメンバーの中では若い方だ。三十代後半といったところか。新製品開発では課長以上はお飾りであり、彼が実質的なリーダーなのだろう。

「製品概要と故障モードの説明は要りません。電車の中で読んできました。レーザー入出力ブロック、そこのＭＥＭＳ《メムス》共振器を映してください」

　上岡はパソコンを操作したが、私が希望する図面は出せなかった。

「すみません。午後一に用意しておきます」

「よし、じゃあ午前の会議はここまでにしよう」大原は部下を開放した。

私は大原の胴回りを見る。上着のボタンが留められないのは明白だった。

「また太ったんじゃないか？」

「ストレスのせいだ。それにしても流石だな。原因はメムスか？」

「いや、まだはっきりとは解らない」

「昼は第二応接に用意している。二人だけで話したいこともあるから」

大原は本社の人事情報を聞きだそうとしているのだろうか？

応接室には高級そうな重箱が二つ用意されていた。

「これ、来客用の昼食じゃないか？」

「いいんだ。ああ、監査室には伝えなくていいから」

社員だけで来客用の高級な重箱は注文できないはずなのだが、事業部長は社内規則に緩かった。食事をしながら大原が話したことは人事情報でも社内政治に関することでもなく、意外にも私の再婚話。

私がやんわりと断ると、

「いや、一度会うだけでも。会えば絶対気にいると思うんだが」

大原はある女優に似ていると言ったが、私は彼女のファンではなかった。尤もファンだったとしても対応に差異はないのだが。

「悪いが、その気はないんだ」

優美は『パパ、再婚したらいいのに』って言っていたこともあるが、父親は娘の本心は解らない。

大原がしつこい性格ではなくて良かった。

午後一に上岡主任から詳細な説明を聞いてから、私も実験室に入ることにした。幸運にも私の推測は当たっており原因解析の作業は一時間足らずで終わった。故障の原因が解れば打つべき対策はある程度決まってくるのだが、それからは中々手ごわかった。

一緒に作業をしていた上岡に日帰りの予定であることを言っていたので、彼は私の帰りの時間を気にしてくれたが、私は自分から、今日は泊まりにして解決の目途が立つまで付き合うと言った。手を動かしていると、仕事をしている実感が持てて楽しかった。

入社当時の私は実験室に籠りハンダゴテと糸ノコで工作をするのが好きだった。当時はCAD《キャド》なんてものはなかったから、ドラフターを使って鉛筆で図面を引いていた。

作業の切りがいいところで実験室を出て、自販機のコーヒーを飲んだ。ケータイを出して今日は急な出張で帰れない旨をショートメールで優美に送った。絵文字入りの返信が来た。

『了解です。お仕事、頑張って下さいね』

実験室に来た事業部長に対して私は言った。

「エライさんは役に立たないから帰っていいよ」

私を呼びつけた同期の出世頭は、私より先に帰るほどの豪快さは持っていなかった。

私が会社を出たのは十時四十五分だった。私の出張は確かな成果に繋がった。流石に大原が飲みに誘ってくることはなかった。タクシーでホテルに直行させてもらったが、部屋に入ったのは十一時を過ぎていた。

ネクタイを外しスーツをクローゼットに掛けた。バスタブの栓を捻ってから部屋を出て、ホテルの自販機で缶ビールとナッツを買った。部屋に戻ってくると、バスタブには熱い湯が溜まっていた。満足だ。時間配分に無駄がない。

3

優美のスマホを買いに出掛けた。店に入って一時間後、優美の機種と料金プランが決まった。女の店員は興味なさ気な中年男性に対しても、愛想よくスマホ購入を勧めて来た。

物理的な接点がないタッチパネルはその構造上、電磁干渉や湿度の影響を受けやすい。手袋をはめている場合、タッチしても検出できない。以前より信頼性が向上したと言っても基本的にタッチパネルは好きになれない。古い技術者というのは厄介な人種だ。

ショップの店員は熱心だった。スマホなら店で各種のサービスが受けられることも説明してくれた。それは知っている。

以前、ドラッグストアで薬を買いに行った時、会員登録すれば十パーセントオフになるという話を聞かされた。登録費用は無料だと聞いて登録することにした。すると店員はスマホを端末にかざすように要求してきた。私はスマホを持っていないことを告げた。しかしスマホでなければ会員登録ができないと教えられた。今はスマホの天下だ。

店員と一緒になって優美が私とSNSができることのメリットを力説してきた。あまり理解できなかったが、私は所謂スマホデビューすることになった。

最初の二週間は頻繁に優美とＳＮＳを使っていたが、父娘の共通の話題がそんなに多くあるはずもなく、一か月も経つと、私のスマホにＳＮＳの着信の知らせが出ることはなくなった。ガラケーからスマホに替えたメリットは享受できなくなった。

私が勤める会社では、毎年、日本人社員の自殺者が出ているらしい。連結従業員六万人のうち、日本人は四分の一以下だが、それでも一万人以上という母数になる。自殺者の比率が他の会社を含めた平均より多いのか少ないのかは解らない。

ただ近年、社員の心の健康に関することを人事部は盛んに言うようになっていた。今日の社内報にもメンタルヘルスに関する記事が掲載されていた。五十歳を前にして自分の会社生活を振り返る。理不尽な左遷も経験したが私は復活できた。今は会社生活に満足している。それと同様にプライベートも。幾つかの会議に参加し事業戦略を検討し、会議の合間に各種資料を作成する。居室と会議室とを数回往復し、私の一日の業務は概ね平和に終わる。

優美の二学期も終わった。受験前の優美の成績は上がることも下がることもなかった。志望校に入れる確率は五分五分といったところだろうか。父親としては、やきもきしながらも見守るしかできなかった。滑り止めに受けた私学の合格は当然のことだと思っていたから、私は大して嬉しくはなかったが、優美はほっとしているように見えた。志望校の合格発表は三月の第二水曜日だった。その日は会社で仕事をしていても、落ちつかなかった。何度もスマホを確認する。それが私にとって一番優先順位の高い仕事だった。昼前に優美から合格を知らせるＳＮＳのメッセージが入り、私はやっと会社の仕事に集中できるようになった。

入学当初は明るかった娘が次第に明るさを失っていき、父娘の会話を続けるのも次第に難しくなった。高校生になった優美の通知表は芳しくなかった。

お手伝いの智子さんとは擦れ違いになることが多かったが、ある日、私は智子さんから優美が学校に行かず不良グループとゲームセンターで遊んでいるらしいことを聞いた。智子さんが帰ってから私は優美に問い質した。いや、腹が立っていたから問い質したというより叱りつけたという表現の方が正しい。優美は否定しなかった。

「中学時代の友だちだったから、断われなかった」

「パパがその友だちに会って、優美を巻き込むことをやめさせてやる」

言い合いになった。私は自分の気持ちを抑えて優美を説得した。

その後、優美は素直な娘に戻ったかに見えたが、二学期の優美の通知表は私にはショックだった。娘に予備校の冬季講習に通うように命令したが、もはや優美は素直な娘ではなくなっていた。娘は開き直って反抗的な態度を取るようになった。

優美は小学校の時にぐれたことがあった。しかし小学生の反抗と高校生の反抗とでは比べようもない。自分の無力さを痛感した。悪循環だった。プライベートが上手くいかないと、会社内でもミスを連発することになった。直属の専務から叱責され、重要な業務を外された。まとまった有給休暇が取れるようになった。そのことは私に娘の行動を確かめる決心をさせた。

その日も平素《いつも》と同じように家を出た。毎朝、家を出るのは私が先だった。駅には向かわずに、隣接するビジネスビルの公衆便所に入った。そこで、スカジャンとジーンズという恰好に着替えた。派手なキャップを被りサングラスをした。簡単な変装である。自分のマンションの出入口が見える場所に立って優美が出てくるのを待った。授業が始まる時間になっても、優美は出てこなかった。智子さんは十時に来ることになっている。その二十分前、優美は姿を現した。私はその後をつけた。

優美が最初に向かった場所はゲームセンターだった。天井から吊り下げられたスピーカーからチャラチャラした歌声が響いている。私には耳障りな騒音にしか聞こえなかった。

大画面のゲームには見物人が集まっていた。優美はそのエリアを素通りした。あまり人気のないゲーム機の前に座った。スマホを見る合間に暇つぶしのためにゲーム機に向かっているという感じだった。少しもゲームを楽しんでいるようには見えない。

優美はスマホで誰かと話をしていた。私は優美の後ろに近づいた。喧騒で優美の声は聞き取り難かった。

「わかった。そこに行けばいいのね」

辛うじて聞こえたのはそれだけだった。優美は通話を切ってゲームセンターを出た。賑やかな歓楽街から人気の少ない街並みに入った。電飾看板が壊れかけたバーが入っているビルがあった。何となく淫靡《いんび》な雰囲気が漂っている。スーツ姿の中年男性が立っていた。その先にラブホテルがあった。

優美はチラリと振り向いた。私は通行人を装い、なるべく自然に優美から離れていった。優美は私を見たが父親だとは気づかなかったようだ。私はビルの陰に隠れた。

優美はスーツの男に近づいた。二人は身体を密着させるようにしてラブホテルの入口に向かって歩き出した。私は夢中で駆け出していた。

「何やってんだ！」

「くそっ、そういうことか」

スーツの男は捨て台詞を吐くと一目散に逃げ出した。私を美人局《つつもたせ》か何かだと勘違いしたようだ。

優美は一瞬だけ立ち竦んでいたが、すぐに男が逃げた方向とは反対に逃げ出した。私は男ではなく優美を追った。息を切らして優美の腕を掴んだ。優美は大声で叫び、手を振り回して暴れた。私はサングラスを取った。私の顔を見た優美はおとなしくなった。周りの通行人が好奇の目で私たちを見ていた。

「帰ろう」

優美は小さく頷いた。

電車の中でも私たちは目立っていたと思う。平日の昼間、若作りした中年男性と女子高生の二人組は父娘には見えない。

家に帰ると、お手伝いの智子さんは驚いた。

「父娘ふたりだけで話がしたいんです。今日はこれで帰ってもらえますか？」

智子さんは心配そうな顔をしながらも、私の言うとおりにしてくれた。

私は優美に問い詰めた。優美はインターネットを使って援助交際をしていたことをあっさりと認めた。『援助交際』、誰が言い出したんだ？　嫌な言葉。オブラートで包み、少女たちは簡単に足を踏み入れる。

「お金が要るのよ」

「何のために？」

「中絶費用」

眩暈《めまい》を感じた。何か言わなければいけない。そんな思いだけが頭の中をぐるぐる回り、次の言葉を発することが出来なかった。沈黙を破ったのは優美の方だった。

「あたしじゃない。そんなドジ、あたしは踏まない」

妊娠したのは優美の中学時代の友だちらしい。優美は彼女のために中絶費用を工面しようとしていたらしい。金額を訊くと三十万だと言う。そんな僅かな金のために私の娘は浅はかな行動をとった。私はその友だちを呪った。

「約束したじゃないか。不良の友だちとは付き合わない。ちゃんと学校へ行くって」

「あたしは約束してない。パパが勝手に言っただけ」

「何だと！」

思わず手が出ていた。気づくと優美は自分の頬を手で押さえていた。自分の手に軽い痺れを感じたから、紛れもなく自分が優美を叩いたのだが、現実と夢の間にいるような感覚だった。すぐに謝りたかったが、何も言えなかった。気持ちの中は無様におろおろしていた。

「ごめんなさい」優美が謝った。

「いや、暴力を振るうなんてパパは最低だ。悪かった」

「パパが思っているようなこと……。それはないの。いつだって、男がシャワーを浴びている隙に逃げ出していたから」

私は何も言えなかった。

「あたし、まだヴァージンよ」

性的な言葉が娘の口から出ることは考えたことがなかった。娘なりの優しさに思えた。

「その友だちの中絶費用はパパが出してやる。但し条件がある。自分を大切にするんだ。もう自分の身体を売るような真似は絶対にするんじゃない」

優美は「わかった」と言った。娘を信じないわけにはいかない。

一週間後、帰宅した私はダイニングテーブルに一枚の紙があるのを見つけた。そこにはたった三行しか書かれていなかった。

第二章　逃亡

1

暴漢に襲われた俺は駅の公衆便所に入って鏡を見た。そこにはひどい顔の中年男がいた。頬は黒ずんで腫れている。キオスクでマスクを買い、隠せる部分を隠して電車に乗った。車内で周りを探るが、さっきの暴漢の姿は見えなかった。

電車を降りてからコンビニに入って弁当を買った。帰り道でマスクを外した。

肉体労働の後で酒場に寄り道する習慣はマロンのために中断している。何とも健康的だ。平和な住宅街を抜けると、急に外灯の数も少なくなる。俺の借家はそんな寂しい場所にタイムスリップをしたようにポツンと建っている。ドアの鍵を開けて灯りを点ける。

「ただいま」

「おかえり。まぁ、その顔、喧嘩でもしたの？」

「喧嘩なんかしない。建築現場でぶつけただけ。大したことはない」

「もう、いやだわ。気をつけてよ」

自分の心臓が止まりそうになった。そんな言い方をする女性を覚えている。

「愛音《あいね》。やっぱり君は愛音なのかっ！」

マロンの身体を掴んで激しく揺すった。

「ミヤウ」

マロンは甲高い鳴き声を上げて、俺の手を擦りぬけた。

「ああ、ゴメンゴメン。もう痛いことはしないから、さあ、出てきてくれ」

マロンは姿を見せなかった。仕方なくマロンの食事を用意して床に置いた。腹が減っているはずだ。そのうち出てくるだろう。俺は自分の弁当を開けた。家で一人じゃないのに一人で食事をするのは、何とも侘しいものだ。そう思ったら、マロンがノソノソと出て来て、キャットフードを食べ始めた。

「愛音。そうなんだろう?」

思い当たる節がある。唐澤幸恵がマロンを見た時の表情だ。幸恵とマロンはアイコンタクトを交わしたように見えた。幸恵の表情は可愛い猫を見ただけの表情ではなかった。あの顔は自分の妹を見た時の顔じゃないのか?

妄想じみた考えに捕われていた。

もう一度「愛音」と呼んだ。マロンは食事に熱中して応えない。キャットフードを食べ終えても、マロンは普通の猫のように鳴くだけだった。

翌朝、目を覚ましたが、布団の中でずっとまどろんでいたかった。しかし膀胱はそれを許してはくれなかった。モソモソと身体を動かすと、マロンが俺にくっついて眠っていたことに気づいた。マロンを起こさないようにそっと布団を抜け出てトイレを済ませ、再び布団に潜り込む。

昨夜、俺はマロンを愛音の生まれ変わりのように思った。輪廻転生、そんなことが実際にあるものだろうか。科学的には証明されていない。

科学的か非科学的か？　その命題は対象となる事象を捉える時点における科学だけを前提にしている。未来の科学に到達していない時点では、未来の科学を前提には出来ないから当然だ。しかしながら、百年前の科学で非科学的だった事象が、現在の科学では、一転して科学的であると証明される事例は枚挙にいとまがない。

「ミヤウ」

「マロン、おはよう」

「おはよう」マロンは人間の言葉を話した。

「何だ、話が出来るじゃないか」

「もちろん出来るわよ」

「昨夜は、急に話が出来なくなった」

「そうかしら？」

マロンは小首を傾げた。まるで人間のように見える仕草だ。俺は実験を試みた。

「俺が愛音と言ったら、マロンは言葉が喋れなくなった」

マロンの顔を覗き込む。マロンは黙っている。

「マロンは愛音じゃないのか？」

じっとマロンの反応を待った。

「ミヤウ」

マロンは普通の猫のように鳴いた。予想は的中した。理由は解らないが、マロンは『愛音』と呼ばれると、人間の言葉を話さなくなる。マロンが意思を持ってそうしているのか、それともマロンの意思とは関係なく、人間の言葉が話せなくなるのかは解らない。


言葉は話せなくなったマロンだったが、俺の散歩にはついて来た。俺を拒絶しているわけではなさそうだ。人間の言葉を話さない時のマロンの目は、高度な知能を持っているようには見えない。

散歩の途中で、何度か「マロン」と呼んで話しかけたが、徒労に終わった。もうマロンは二度と人間の言葉が話せないのかもしれない。自分の試みが、扉を開けて機織《はたお》りをする鶴の姿を見てしまった老爺の行為に思えた。

ホモサピエンスは林檎を食べたばかりに知恵を持ってしまった。

しかしその翌日、マロンはまた人間の言葉が話せるように戻っていた。不安は払拭された。マロンと話をする時、「愛音」という名前を口にしないことにした。

俺は自分自身で真面目な人間だとは思っていない。手を抜けるところは抜いているつもりだ。それでも俺の仕事振りを見て、日雇いでなく長期の契約をしないかと誘ってくれる現場責任者がいる。俺以上に怠ける人間が多いのだ。

そんな話を受けると、俺は丁重に断っている。そんな時の現場責任者の反応は判で押したように決まっている。彼らは一様に「いい話」だと思っているから、ひどく驚く。次に、俺に断る理由を尋ねてくる。ここまでは大抵同じだ。この後の反応が人によって大きく二通りに変わってくる。

俺が日雇い労働で満足していると言うと、そう聞いた人間の半分は、そんな考え方は間違っていると責めるのだ。考え方が甘いとか、人生を投げているとか、もっと前向きに生きなければいけないとか、俺はそんな説教に辟易する。そして、その現場を離れざるを得なくなる。残り半分の現場責任者は、奇妙な物でも見るような目か、或いは侮蔑の目を俺に投げてから、それ以上俺を勧誘することはしなくなる。何れの場合でも、俺が現場を離れざるを得ないのは同じである。

現場責任者の反応は納得できる。職人ではない土工の仕事は個人の能力はおろか、人格すら求められることはない。その人間が出来る範囲でマシンの如く肉体労働をひたすら続けるだけ。自分が自分であるアイデンティティを喪失させる行為なのだ。

肉体労働は体力を擦り減らすと考えている人が多いが、それは本当の肉体労働をしたことのない人の考えだ。本当の肉体労働は、体力以上に心を擦り減らすのだ。

俺はそのことを知ってから、心を擦り減らすために肉体労働をしていた。俺の残りの人生は『絞りかす』だから、ぴったりだ。そんな生活を三年以上続けて、心を擦り減らすことに慣れてきた。心を擦り減らすことが麻薬のような快感になっていた。いや、俺は麻薬を知らないから、確かなことは言えない。

快感か、そうでないかは別にしても、身体を鍛えられるというメリットはある。身体を鍛えたからどうってこともないのだが……。昔は運動不足を解消するために高い会費を払ってジムに通っていた。今では会費を払うどころか、金まで貰える。パソコンを見続けて眼精疲労になることもない。

2

一日八時間だが、肉体的には極めてタフな仕事を終えて家に帰ると、あまり間を置くことなく玄関ドアを叩く音がした。

「すみません。不動産会社の末森ですが、ちょっといいですか」

俺は着替えの途中だった。こんな夜に不動産屋が何の用だろう？　その程度の思いはあったが、声の主を疑わなかった。相手が名前を名乗ったからだ。その時、その名前に心当たりがないことは自分の意識から消えていた。脱ぎかけたズボンを急いで引き上げて玄関へ行きドアを開けた。いきなり男が中に入ってきて、後ろ手でドアを閉めた。突然の来訪者が不動産屋ではないことはすぐに解った。以前、暗がりの中で俺を襲ってきた男だった。

「なんなんだ。家にまで押しかけて」

キッチンの照明は以前の懐中電灯の光よりも明るかった。相手の顔ははっきりと見えた。年齢は三十代だろう。わし鼻で陰気そうな細い目をしている。

「警察を呼ぶぞ」

そう言い終わる前に男の拳が飛んできた。俺は愚かにも以前と同じ場所を殴られた。無我夢中で拳を出したが、次の瞬間、肩に強烈な衝撃を感じた。

俺は男を見た。男の手に何か光る物が見えた。大きなスパナか？　いや、モンキーレンチだった。鉄の凶器の一撃は肩だったが、もし、頭をやられていたら、俺の致命傷になる。それは歴然としていた。男は不気味に笑っている。次の攻撃を焦らして楽しんでいるように見えた。

「警察？　ふん、笑わせるぜ。警察を呼んで困るのはアンタの方だろう」

「どういうことだ？」

「ヒトゴロシ。俺は知っているんだぜ」

地の底から湧き出るような音。必死で気力を奮い立たせて身構えた。睨みあいの中、マロンの鳴き声が聞こえた。

「危ない、来るな」

大声で叫んだが遅かった。男はマロンを鷲掴みにすると、壁に投げつけた。

「マロン、マロン」

マロンはピクリとも動かない。

「くそっ、なんてことするんだ」

「ふん、笑わせるぜ、ペットを飼うなんてよ。おまえには似合わない」

男はしゃがみ込んで俺の顔を覗き込むような仕草をした。その隙を狙って俺は拳を勢いよく振り回した。確かに手応えがあった。俺の拳が相手の首に命中していた。ヒキガエルのような呻き声が上がった。

暴漢は俺よりずっと若く逞しかったが、二回目の格闘だ。俺は少しばかり上達していた。しかし俺の有効打はそれが最初で最後だった。二発目はかわされた。次の瞬間、頭に強烈な痛みが走った。モンキーレンチが振り下ろされたのだ。それは今までとは比較にならない。俺は悲鳴を上げていた。

両手で頭を覆って、その場にしゃがみ込んだ。手にぬめっとした感触が伝わる。

敵は笑っていた。ドスの利いた声から甲高い笑い声に変わっていた。その後は、モンキーレンチの攻撃をやめて、素手での攻撃に変えてきた。より長く獲物を痛めつけるためだ。乱暴狼藉を飯の種にしているような輩《やから》なのだ。

俺はサンドバッグ状態になった。立っているのもやっとなくらいになった頃、男は俺の片腕を掴んで捩《ねじ》じった。俺は最後の力を振り絞って相手の脚を蹴ったが、もはや力が入らなかった。

俺の腕は捩じられた状態で固定されていた。男は俺を生かさぬように殺さぬように決定打を残していた。俺は全身に力を入れていたが、男が更に力を入れれば、俺が床に押さえつけられることは必至だ。物凄い殺気を感じた。

殺られる。そう覚悟した。俺の命は完全に男の手中にある。

死への時間が頭の中でチクタクと刻まれていく。突然、男が口を開いた。

「息の根は止めない。でも、これが最後じゃないぜ」

腕を掴まれていた力がふっと緩んだ。もはや俺に抵抗する力が残っていないことを男が確信したからだろう。俺はよろけながら男から離れ、床に膝をついた状態で男を見た。白熱灯の光を受けた男の顔は、やはり俺の知らない顔だった。

男は腕を組み、俺を見下ろしていた。決して整った顔ではないが人形のように見えた。『ヒトゴロシ』、確かに男はそう言った。一体何のことを言っているのだ？　俺の何を知っているというのだ？

俺の頭は混乱していた。気力だけで男を睨んでいた。

「解らないか？　考えてみろよ。オツムはいいんだろう」

男は捨て台詞を残して去っていった。

開けっ放しになった玄関ドアを見ながら唾を飲み込んだ。一瞬、命拾いを喜んだが、喜んでいられないことに気づいた。手でそっとマロンを触った。マロンはぐったりしているものの、息をしていた。

「マロン、大丈夫か？」

マロンは何も応えなかった。外観では解らないが、骨が折れているかもしれない。この町を散歩して回っていたことが役に立った。数日前、動物医院の場所を見つけていた。

マロンを抱いて外に駆け出した。家の周辺は外灯の無い暗い場所だったが、数分走ると、民家や商業施設が並ぶエリアに出た。うろ覚えだったが、目的の場所は四つ角のパチンコ屋の更に先じゃないか？　俺はパチンコ屋まで走って右に折れた。

あった。既に灯りは消えていたが、動物医院の看板が見えた。

大声を上げて医院のドアを叩いた。中から獣医と思われる男が出て来た。彼は汚いものでも見るような目で俺を見た。

「先生ですよね。お願いです。助けて下さい。猫が怪我をしたみたいなんです」

獣医は不機嫌そうな顔をしていたが、俺が抱いている猫を見て言った。

「入りなさい……おや、あんたの方がひどい怪我をしているじゃないか」

「俺のことより、この猫を見てやって下さい」

「わかった。そこにおいて」

獣医が指差した診察台にマロンを寝かせた。獣医は触診をしてから聴診器のピースを慎重にマロンの体に当てていた。マロンは目を開けて、おとなしくしていた。自分が医者に診てもらっていることを知っているかのようだった。

「何があったんですか？」

獣医が訊いてきた。暴漢に押し入られて乱暴を受けた様子を掻い摘んで話した。

「ヤクザが突然、そう……」

獣医はそれ以上訊かなかった。

「どうでしょうか？」

「大丈夫でしょう」

「でも、壁に投げつけられた時はピクリとも動かず、反応が無かったんです」

「軽い脳震盪だったんでしょうう」

簡単すぎる診察だったが、それを聞いたマロン自身が安心したのだろうか、元気の無かったマロンは「ミヤウ、ミヤウ」と猫らしく鳴いた。

「次はあなたを治療する番だ」

獣医は俺の頭の怪我を診て、傷の処置をした。獣医に外科治療を受けたのは初めてだった。手さばきが多少乱暴なように感じた。

俺はマロンの診療代と自分の治療代を払い、礼を言って動物医院を出た。

家路を歩きながら、マロンに詫びた。家に帰るまで何度も何度も。

その日、マロンが言葉を返すことはなかった。自分が情けなかった。

3

借家の契約をした不動産屋に行った。事務員は客の頭の包帯を見て驚いていた。俺は借家に押し入って来た男のことを話した。

「何か盗られたわけじゃないんですが。実はあの家に越してきてから、暴力を受けたのは昨日で二回目なんです。もしかしたら以前住んでいた人と間違われたんじゃないか。そんな風に思って」

「そうですか。大変でしたね。でも人違いってことはないと思いますよ」

それに続く事務員の話によると、あの家は七十過ぎの男性が一人暮らしをしていたが、一年前に亡くなって、それから空き家になっていたらしい。土地と家は子どもが相続したが、家賃でも入ればいいかと思って、借家にすることを不動産屋に依頼してきたらしい。念のために俺は暴漢の人相を言ってみたが、不動産屋には心当たりがなかった。不動産屋は警察に被害届を出すように勧めてくれたが、俺は、今度こんなことがあったら考えると言った。不動産屋は不審に思ったようだが、それ以上の詮索はしなかった。

俺は、以前住んでいた住人と間違われたという線を捨てた。元々本気で疑っていたわけではない。では、別の誰かと人違いされたのか？

怖い目にあったせいだろう。マロンは元気がなくなった。俺が何かを話し掛けても殆ど反応しない。人間の言葉が解らなくなったようだ。それでも俺は毎朝、マロンに向かって「行ってきます」と言ってから仕事に出た。帰ってくると「ただいま」と言う。何とも寂しい中年男である。

その日、どうしてそんな気になったのか、自分でも不思議なのだが、仕事を終えて帰る途中、ぶらりと本屋に立ち寄った。ミステリーのコーナーがあった。新人賞を受賞した単行本が平積みされていた。読んでみたくなった。昔、好きだったミステリー作家が選者になっていた。

何気なく一冊を手に取りペラペラと捲った。愕然とした。小さい文字を読むのが難しかった。自分が老眼になっていることに気づいた。何年も活字とは縁の無い生活をしていたことを思い知らされた。

本屋を出ようとした時、『絵本フェア』のPOPを見た。ずっと昔、子どもに絵本を読み聞かせしていたことを思い出した。昔の記憶を思い出すことは、俺にとっては苦しみ以外の何物でもなかったのに、その時は懐かしさを感じていた。福音館書店の『おおきなかぶ』という絵本を買った。帰り道が少しだけ楽しくなった。

帰宅途中、ビートルズの『ホエン・アイ・ゲット・ホーム』を口ずさんでいた。

家の近くまで帰ってくると、玄関ドアの前に男が立っているのが見えた。嫌な予感を抱きながら家に近づいた。暗くて男の顔はよく見えなかったが、以前、家に押し入ってきた暴漢ではなかった。

その男は俺の顔を見て頭を下げた。

「待っていました。灰藤竜也さんですね」

「そうですが、あなたは？」

男は何かを前に突き出した。黒革に金色のエムブレムが付いていた。

「組織犯罪対策課の川岸と言います。少しお話を伺ってもいいですか？」

「ここで伺いましょう」

男が本物の刑事だという保証はない。

「数日前、暴漢に襲われたそうですね」

警察に通報したのは動物医院か、不動産屋か、それを確認する必要はない。面倒だと思いながらも、一通り事情を説明することにした。

「先週の、あれは水曜だったと思います」

日雇い仕事を終え、車で駅に送ってもらった直後に、ヤクザ風の男に襲われたことを話した。

「この男じゃないですか？」

川岸と名乗る男は一枚の写真を見せた。

「多分そうです。誰なんですか？」

「黒岩通彦、三十八歳。指定暴力団、郷原会の組員です。御存じなかったですか？」

俺は首を横に振った。

「本当に？　黒岩はあなたのことを調べていたんですよ」

黒岩が言った『ヒトゴロシ』という言葉が蘇る。記憶を封印していた壁に激しい風雪が吹き付ける。俺はもう一度首を横に振った。

「知りません。こんな暮らしをしていますが、暴力団といざこざを起こしたことありません。誰かと間違っているんですよ」
「そうですか。わかりました」
追及は意外にあっさりしていた。彼が納得したかどうかは解らない。男の後ろ姿を見送ってから、玄関を開けて家に入った。マロンがちょこんと座って待っていた。外で話していたから気づいたのだろう。
「ただいま」
俺は気持ちを切り替えてマロンに絵本を見せた。彼女は全く興味を示してくれなかった。食事を終えてから布団の中で今日買った『おおきなかぶ』をマロンに読んで聞かせた。
「ねずみが　ねこを　ひっぱって、
ねこが　いぬを　ひっぱって、
いぬが　まごを　ひっぱって、
まごが　おばあさんを　ひっぱって、
おばあさんが　おじいさんを　ひっぱって、
うんとこしょ
どっこいしょ」*

＊引用文献：おおきなかぶ　福音館書店（編者：A・トルストイ、日本語訳：内田莉莎子）

始めて絵本を見る子どものようにマロンは真剣に絵本を見ていたが、言葉を話すことはなかった。落胆はしない。絵本を閉じて自分の目も閉じた。

就寝前の絵本の読み聞かせを日課にしてから数日後、仕事を終えて帰宅した俺は、いつものように鍵を開けて家に入った。

「ただいま」

「おかえりなさい」

前日までマロンに変化がなかったから、飛び上がるくらい驚いた。

「マロン、喋れるようになったんだ。良かった」

絵本の読み聞かせが効いたのかどうかは解らないが俺は素直に喜んだ。しかしそれは束の間のことだった。

「昼間、怖い顔した男が家の周りを探っていたわ。あたし、隠れていたの。怖かった」

「以前、家に押し入ってきて、マロンを投げ飛ばしたあいつか」

「ええそうよ……。あの人、ヤクザなんでしょう？」

「ああ、郷原会の組員らしい」

郷原会は関東に本部を置く暴力団だったと思う。ここ最近はニュースなんか見ないが、東南アジアから大規模な薬物密輸で摘発されたニュースや、ある芸能人が郷原会の非合法賭博をしていたニュースは数年前に耳にしたことがある。

「あたしたち狙われているのよ。その暴力団に。ねぇ、この家を出て、よそに行かない？」

マロンは切なく訴えるような目で俺を見た。

「こんな安い家賃で住めるところなんか、他には無いんだ」

マロンは何も言わなかった。ただ目が怯えていた。

「ごめんな。この前は怖い目に遭わせて。うっかりドアを開けたのが悪かったんだ。マロン、俺がいない時、外に出るんじゃないぞ」

マロンは黙って頷いたように見えた。俺はこの時もっと真剣に考えるべきだったのだ。


それから数日経った日の夜、代わり映えしない仕事を終えた俺は家路を歩いていた。住宅街を抜けると、急に辺りは暗くなる。俺の借家の周辺には外灯がない。一年前まで七十歳を過ぎた老人が一人暮らしをしていたらしいが、彼はどんな生活だったのだろうか？　子どもが家を相続したと聞いたが、最後は看取ってやったのだろうか？　そんなことを考えてしまった。関係ない、関係ない。

遠くに家が見えた。いつもと違う。家の窓から明かりが漏れているのだ。初めてのことだった。マロンは賢い猫だったが、これまでに部屋の電気を点けたことはなかった。誰かが来ているのだろうか？　客が来るはずはない。少なくとも友好的な客は。

歩いてなんかいられなかった。玄関まで走ってドアノブに手を掛けると、ドアは抵抗なく動いた。鍵が掛かっていない。数センチの隙間を開けたところで手を止めた。嫌な予感がした。ゆっくりドアを開けて中に入る。

「マロン、マロン！」

声を掛けながら、部屋の中を見回した。普段、俺はテーブルの上には何も置かないのだが、その日のテーブルは違っていた。俺は夢中で駆け寄った。

「くそーっ、なんてことを。なんてことを」

内蔵から怒りが込み上げた。真っ平らなテーブルの中央にはマロンの体があった。それは異常な恰好だった。マロンは目を瞑り固まっていたが、異常なのはそれだけではない。

四本の華奢《きゃしゃ》な脚に紐が括り付けられていた。その紐は四方に引き伸ばされている。だから、マロンの体は仰向けで、X字のようになっている。

あまりにも残酷な姿。視界は滲んできた。それでも、四本の紐の先を見ていくと、それらはテーブルの脚に結わえられているのが解った。まるで前時代的な悪魔崇拝、邪教の儀式、生贄《いけにえ》の儀式のように……。人間に何の危害も与えることができない小動物に対して、こんな悍《おぞ》ましい所業をなすとは……。もはや人間じゃない。

「あいねーっ！　愛音」

やっと声を出すことができた。怒りで自分の身体が怪物に変わるようにさえ感じた。そっとマロンの身体に手を触れた。マロンは目を開けた。栗色の毛並みは微かに動いた。

ああ、生きている。喜びで身体が震えた。生きているマロンに感謝した。それから、マロンを生かせてくれた神にも感謝した。

急いで台所から包丁を取り出して、マロンの手足を縛っていた紐を慎重に切った。

「あい……、いや、マロン、大丈夫か？」

俺は柔らかいマロンの身体をさすった。マロンはじっとしていた。痛がる様子はなく、怪我をしているようにも見えなかったが、少しも安心はできない。マロンを抱いて外に飛び出した。

夜の道を急ぎながら、ずっとマロンに話しかけたが、マロンは何も喋らなかった。

「くそっ、くそっ」

あのヤクザの仕業だ。奴を殺したかった。呪いの言葉を吐き続けた。動物医院の前に来た。今日も診察時間を過ぎているが、俺は前回と同じようにドアを叩き叫んでいた。

「また、あなたですか」

獣医はうんざりした顔をしていたが、急患を受け入れてくれた。マロンの体を手で触り聴診器を当てる。それからマロンの左右の目をひとつずつ覗き込む。口を開けさせて喉を調べる。人間を診る医者と同じだと思った。

「異状なしですね」

獣医はそう診断した。

「でも、元気が無いんです。あまり鳴かないし。心配事があって、悩んでいるようなんですが」

「心配事、悩んでいる？　猫が？」

「そうです」

「私は精神科ではありませんよ」

獣医は呆れたような顔をしている。獣医の言葉を信用することにした。

動物医院の帰り道、マロンが言った最後の言葉が頭の中に蘇った。

『あたしたち狙われているのよ。その暴力団に』

俺は郷原会から逃げる決心をした。

4

ローリング・ストーンズの『リトル・レッド・ルースター』を頭の中で聴きながら、俺は公園のベンチで寝ていた。ミック・ジャガーの気怠い声が急に変わった。

「その猫ちゃん、おじさんの？」

子どものような可愛い声。声が聞こえた方向の目だけを開けた。視界に顔がぼんやりと映った。俺の顔を覗き込んでいる顔、見覚えのある顔。自分が夢の中にいることを知った。瞼が自然に閉じられていく。俺は怠け者の雄鶏。今年は記録的な猛暑だったが、九月になって少しだけ過ごしやすくなった。昼寝にはうってつけだ。

「ねぇ、起きてよ」

声ははっきりと聞こえた。俺は両目を開けた。若い女だった。俺の上半身はバネ仕掛けのように跳ね上がった。俺の腹の上からマロンが飛び降りた。俺は夢中で叫んでいた。

「優美、優美なんだね！」

「なっ、なによ」

女は怯えた顔で後ずさりした。自分が女の肩に掴みかかろうとしていたことを知った。

「すっ、すまない。驚かせて。人違いなんだ」

「ゆみって、おじさんの娘さん？」

答えたくなかった。

「ねぇ、その猫ちゃん、おじさんの？」

マロンは俺の横で「ミヤウ」と鳴いた。女はマロンの頭を撫でた。

「可愛い猫ちゃんね。名前はなんて言うの？」

「マロン」

そう言ってから俺は自分自身に毒づいた。こんな知らない女に話す必要はなかった。

「マロンちゃん。なるほどねー。おじさんがつけたの？」

女は黒いスキニーパンツを穿いていた。上半身は薄いTシャツを一枚だけ。真夏の恰好だ。足元には茶色のキャリーバッグがあった。

「君は家出娘なのか？」

女は吹き出した。

「あたし、もう大人よ。ねぇ、おじさん、会社を解雇《くび》になったんでしょう」

質問に答える義務はない。再びベンチに横になって目を瞑った。マロンは指定席のつもりか、俺の腹の上にピョンと戻った。

「おじさん、寂しいんだね。子猫が唯一の家族なんだ」

「見世物じゃない。どっかに行け」目を瞑ったまま口だけを動かした。

「行くとこないもん」

女の声の後、腹の上にあった僅かな重みがすっと無くなった。薄目を開けると女はマロンを抱き上げていた。勝手にするがいい。俺は再び目を閉じた。

キーキーとブランコが揺れる音が聞こえていた。突然、

「見つけたぞー、こんなとこにいたのか」

男の野太い声に続いて「キャー」と女の悲鳴。俺はベンチから飛び起きた。

「助けて、おじさん」

女は俺の背中に隠れた。派手なシャツを着た若い男が俺の前に立った。

「おっさん、アンタには関係ねぇだろ。ケガしたくなきゃ、そのスケ、こっちに返してもらおうか」

はいどうぞ。それは心の中の声。現実は逆の台詞を言っていた。

「いやだと言ったら」

「こうするまでだ」

その声と同時に男の拳が目の前に来た。俺の反射神経は男の腕を払い除けていた。男が二発目を繰り出した。俺は身体を翻して男の攻撃を躱《かわ》すと、自分の拳を突き出した。確かな手応えがあった。

若い男は腹を押さえて呻いている。

「逃げよう」

女が俺の手を引いた。俺は自分の大きなダッフルバッグを背負うと、女からマロンを受け取って

駆け出した。思考は停止していた。ただ勢いだけで走っていた。

「タクシー」

女が叫んだ。俺たちの横にタクシーが停まった。急いで乗り込むと、

「どちらまで？」

「このまま真っ直ぐ走って。悪者に追われているの」

女が言った。マロンは俺のジャケットの中で丸まっている。

「さっきの男、ヤクザか？」

「そうよ。坂口伸也、郷原会の組員。下っ端だと思うけど」

また郷原会か。しかし今回は狙われたのは俺ではなく、面倒に巻き込まれただけのようだ。ただ、俺も女も郷原会から逃げなければならないことは同じだ。

運転手はチラチラと俺たちを見ているようだったが、何か話しかけてくることはなかった。いつしかタクシーは郊外を走っていた。

「お客さん、だいぶ走りましたが、まだ行きますか？」

運転手は料金の心配をしているようだ。女は運転手には答えずに俺に言った。

「そうだ。おじさんの家まで行こうよ。ねぇ、どこに住んでいるの？」

「家は無い」

「あたしとおんなじだ。運転手さん、その先、停められるところで停めて下さい」

「かしこまりました」

タクシーは停まった。俺が財布を取り出すと、

「あたしが払うわ。タクシーを拾ったのはあたしだから」

女の言う通りである。女は釣り銭を受け取ってから、俺の腕を引っ張ってタクシーから降りた。

閑静な住宅地だった。少し歩くと店らしき建物があったがシャッターが下りている。人通りは疎らで逃亡者が雑踏の中に身を隠すには相応しくない。

「ねぇ、どこに行こうか？」

「知るもんか。ここでグッバイだ」

「えーっ、あたしを独りにするの。悪者に追われているのに助けてくれないの」

唇を尖らせる恰好が可愛いと勘違いしている女子の何と多いことか。

「何で、俺が助けなきゃいけないんだ？」

「さっきは助けてくれた」

「行きがかりだ」

「おじさん、強かった。カッコ良かった。ねぇ、あたしのボディガードをしない？」

「しない」

「おじさん、仕事ないんでしょ。あたしが雇ってあげるよ。あたし、お金持ちだよ」

女はキャリーバッグを開けて札束を見せた。

「組の金でも盗んできたか？」

「おじさん、頭もいいんだね。おじさん、あたしを独りにして、もしも、あたしがヤクザに殺され

たりしたら、きっと寝覚めが悪いと思うよ。それにあたし、おじさんの娘さんに似てるんでしょう」

女はマロンに手を差し伸べた。俺のジャケットの中にいたマロンがピョンと飛び出して、女に飛びついた。

「ほら、マロンちゃんもあたしと一緒にいたいんだって。ああ、おじさん、幾つ？」

「答える必要はない」

何が可笑しいのか女は笑った。

「歳を言いたくないなんて、女の人みたい。じゃあ、名前教えてよ」

「君、人に名前を訊くんなら、まず自分から名乗るのが礼儀だ」

「はーい。あたしの名前は木原《きはら》明穂《あきほ》、二十二歳」

女の年齢を聞いた時、頭がクラッとした。

「ねっ、次はあなたが名前を言う番よ」

俺は自分が小娘のペースに乗せられたことを悟った。

「灰藤竜也、五十六歳」言ったのは、女の年齢が優美と同じだったからだ。

「あーお腹すいた。どっかご飯食べるとこ無いかなー」

女はそう言いながら歩き出した。女がマロンを連れているので俺も彼女の後ろをついていくしかなかった。暫く歩くとエンジ色のビニール製の日除けが見えた。古びた喫茶店だった。木のドアを開けるとカウベルがノスタルジックに響いた。

5

アンティークではない古い掛け時計が掛かっていた。昼食時なのに店内はガランとしていた。明穂と名乗った女はさっさと席を決めて俺の向かいに座った。

その数分後、女は大きな口を開けてスプーンに盛ったオムライスを口に運んでいる。マロンは女の横の椅子にちょこんと座っておとなしくしている。ありがたいことに店の主人は中年の女性だったが、俺たちが猫を連れて入っても文句を言ってこなかった。

女は俺が訊いてもいないのに自分のことをよく喋った。女はスナックやキャバクラといった水商売で働いていた。店の経営者が暴力団の郷原会と関係があり、みかじめ料の集金役をしていた坂口伸也と付き合うようになったらしい。女は店が提供してくれたアパートで暮らしていたが、ちょっとしたトラブルを起こし、三日前にそのアパートを逃げてきたという。

特に興味があったわけではないが、俺はトラブルの内容について訊いた。女は急に言葉を濁して話題を変えた。唐突に自分が小学生だった頃の話をした。なに子ちゃんがどうしたとか、なに子ちゃんとどこに行ったとか。女の話の中で出身地が東北だという話だけは耳に残った。女の肌の白さを納得する。

「ねぇ、もう食べないの？」

女は俺の前の皿を見ている。店のメニューには腹の足しになりそうな食べ物はサンドウィッチとカレーとオムライスとナポリタンしかなかった。仕方なくナポリタンを選んだのだが、コシのない麺は美味くなかった。俺が食べないと言うと、女は俺の皿を自分のテーブルに持って行き、俺が使っていたフォークでガツガツ食べだした。

「よく食うなあ」

「たっちゃんと違って、若いからねぇ」

明穂は昨夜泊まったネットカフェの情報を教えてくれた。ドリンクはフリーだったので、コーヒーとジュースを三杯も飲んで腹を膨らませたが、それ以外はコンビニで買ったメロンパン一つしか食べていないことを自慢するように言った。

「あーあ、あたしのことばっか。たっちゃんのことも教えてよ」

「その『たっちゃん』って言うのやめてくれないかな。なんか年長者に対する敬意が感じられないんだ」

明穂はニヤッと笑った。ホームレスのくせに。そんなことを言いたそうな顔。

「じゃあ、おじさんにする?」

「それはもっと悪い。灰藤さんがいいんじゃないか」

「やーよ。じゃあ竜也さんにする。ねぇ何でもいいから教えてよ」

「見てのとおりさ。くたびれた中年男」

「そんなことない。ジョン・トラヴォルタに似ている。ああ、もちろん若い時の」

俺よりかなり年上の俳優、中年男は『グリース』で高校生の役をした彼しか思い描けなかった。

当然ながらそんな若い頃の彼と今の自分が似ているはずはない。だから喜んでいいのかどうかも解らない。自分が如何に長い間、映画なんか観ていなかったかを思い知らされる。

「ああそうだ。ゆみって人のこと、教えて。竜也さんの娘さんで、あたしと似ているんでしょう」

「似ているのかな……、解らない」

「ずっと会っていないの？」

　俺が黙っていると、

「竜也さんから会いにいかないと駄目よ……、だって竜也さんホームレスなんだから娘さんの方から会いに来られないじゃないの」

「そう簡単にはいかないんだ」

　明穂は黙って動かなくなった。暫くして残っていたナポリタンを急にガツガツと食べだした。口をモグモグさせながら、

「ゴメン。あたしだって、お父さんにずっと会ってないもんね」

　それは彼女らしくないしんみりした言い方だった。俺は会ったことのない彼女の父親に共感に似た感情を抱いた。だが、それは一瞬のことで、すぐに羨望に形を変えた。彼女の父親が持てる希望を俺は持てない。

　明穂が食べ終わると、俺は伝票を持ってレジカウンターで会計を済ませた。店を出ると、

「これ、あたしの分ね」

　彼女は律儀にも六百円を俺に渡そうとした。自分が注文したオムライスの値段だけだったが、店

内で渡さなかったのは俺に気づかってのことだろうか。

「いいよ」

「じゃあ、ごちそうさま」

彼女は金を財布に戻した。このあたりはオバちゃんとは違うということだ。

俺は道の隅に行って、バッグからキャットフードを取り出した。今度はマロンの食事の時間である。明穂はしゃがんでマロンが食べる様子を覗き込んでいた。

「美味しそうね。ちょっとちょうだい」

明穂はマロンにちょこっと頭を下げてから、キャットフードをつまみ食いをした。それから、事もあろうに、俺の顔に手を向けてきた。

「竜也さん、アーン」

「俺は遠慮しておく」

「意外とイケる」

俺は明穂の味覚を訝しんだ。マロンの食事が終わると、明穂は静かになっていた。スマホを触っている。ゲームで遊んでいるようだ。俺はそんな彼女の横で、ぼんやり怠惰に時間をやり過ごしているだけ。今の俺は昔の俺が軽蔑していた人間だ。明穂が言うとおり子猫が唯一の家族という寂しい男。そのマロンは人間の言葉を喋らなくなった。いや、人間の言葉を喋っていたと思ったのは俺の想像の産物だったのかもしれない。

俺も明穂も郷原会から逃げていることは同じだ。不思議な運命を感じる。明穂は組員と付き合っていたらしいから、郷原会に俺が狙われる理由を彼女から突き止められるかもしれない。

「ペット可だって。これがいい。今日はビジネスホテルに泊まるからね。竜也さん、クッサイんだもん。ずっとお風呂に入ってなかったでしょう。ツイン、予約しといた」

「シングル二部屋だ」

「だって、ツインの方が安いんだよ。贅沢しちゃ駄目。ホームレスなんだから」

「贅沢とかの問題じゃない。ツインは駄目だ。わかるだろ？」

「わかんない」

「俺は男だし、君は女だ」

明穂は首を傾げ何か考えているようだ。いや、考えている振りかもしれない。突然、

「えーっ！　竜也さん、もしかして、何かしようと思ってたのーっ！　やっだー」

明穂はバーンと大袈裟に俺の肩を叩いた。何たる恥辱。俺は決然と否定した。

「そんなことはない！」

「じゃあ、いいじゃん」

明穂は平然と宣《のたま》う。若い娘と一緒にいると疲れる。

過去　二十二年前

1

私は良い夫ではなかった。妻の言葉でそれが解った。

「竜也さん、あたし産むわ」

愛音と結婚して五年が経っていた。妊娠がわかってから愛音はずっと悩んでいたが、私は少しも悩まなかった。私には子どもよりも愛音の命が大切だった。愛音は普通の健康体ではなかった。子どもを産むことは危険だと知っていたからだ。

「お願いだ。諦めてくれ」

その時も私は言った。もう何回も言ったことだ。殆ど喧嘩になるくらいに。

「竜也さん、もうあたし決めたの。絶対に産むわ。大丈夫だから。約束する」

愛音の決意は固かった。私は自分の無力さを痛感し呆然とするしかなかった。その時の会話が私の最後の説得になった。

その一か月前のことである。妊娠を知らされた私はもちろん喜んだ。しかし問題があった。婦人科から帰ってきた愛音は衝撃的な事実を私に突きつけた。喜びは絶望に変わった。検査で子宮癌であることが発見されたのだ。この時の私は妻の出産は諦めるしかないと思っていた。ところが、愛音は、赤ちゃんは産めると言った。現代医学に疎い私は妻の言葉が信じられなかった。彼女は医師から聞いてきた話を私に詳しく教えてくれた。

妊娠時の検診で子宮癌が発見される事例は時々あるらしい。昔は癌に冒された臓器全体を摘出し、出産やその後の妊娠も諦めるしかなかったのだが、近年は部分的な癌細胞の切除にとどめて、無事に健康な赤ちゃんを出産する事例が多くあるらしい。

愛音の場合、子宮の入り口にできた子宮頸癌であり、一定の条件を満たせば、頸部の一部分だけを残して癌細胞を切除した後、再度、膣とつなげる手術の方法があるという。但しこの手術では、胎児を支え雑菌の侵入を防いでいる頸部が短くなるため、流産や早産の可能性も高まるので、帝王切開で出産することになるという。

そんな話を聞いて、私は一縷の希望を持った。そして一週間後、その希望はずたずたに傷つけられた。愛音を冒した癌の進行は当初の想定と違っていた。安全に出産できる一定の条件を満たさなかったのだ。

私がもっと良い夫だったら、愛音は私の言うことを聞いてくれたかもしれない。そんなことを考えながら自分の結婚生活を振り返っていた。

その五年前の新婚時代の愛音の言葉が蘇る。

「つまんないわ」

普段、私に不満を言うことのない愛音だったので、その言葉は私には意外だった。

愛音は私と同じ会社に勤めていた。彼女の職場は新製品のマニュアルを作成する部署だった。マニュアルには一般ユーザー向けの取扱説明書以外に、修理やメインテナンスを行うプロ向けのマニュアルも多くある。それらには、製品の分解図や電気配線図が掲載され、技術的な知識も必要になる。私は新製品のデザイン・エンジニアだったので、マニュアル担当者と打ち合わせをする機会があり、そこで愛音と話をするようになった。

最初は仕事上の付き合いだけだったが、社員研修で同じ英会話クラスになったことで親しくなった。知り合って一年後、私は二十八歳で結婚した。愛音は二十三歳だった。結婚式のＢＧＭは全てビートルズの曲にした。私が学生だった一九八〇年、その年の十二月九日は私の人生において衝撃的な日だったことを私は愛音に話していた。

あれは晴れた日だったが寒かった。私ははっきりと覚えている。学校からの帰り道、大勢の人が駅の構内に貼られている紙を見ようとしていた。

それは新聞の号外のようだった。誰かが叫んでいた。衝撃的な言葉だった。私は大人たちを押し退け、その号外を覗き込んだ。信じられない、信じられない……。地面が回るような感覚だった。

ジョン・レノンの死を、私は大人になる前に知った。

ビートルズとの出会いは小学四年だった。転校生に教えてもらった。彼には年の離れた兄がいて、その影響でビートルズ・ファンになったらしい。彼はクラスの三人を仲間に引き込むことに成功した。その中の一人が私だった。放課後、私たち四人は彼の家に行き、レコードを聴きまくっていた。ステレオではなくポータブルプレイヤーだった。

少年は全員、英語どころか、ローマ字すら読めなかった。それでもビートルズが歌いたかった。それでドーナツ盤を回しては、ビートルズの歌声を耳で聞き取り、ジャポニカ学習帳に意味も解らずカタカナで歌詞を書き込むことに熱中した。四人が書き写した歌詞は微妙に違っていた。それを合せる為に聞こえ方が違う箇所に何度もレコード針を下ろす作業を繰り返した。

『ヘイ、ジューッ、ドンメイギッバーッ、テーカァサッソーン、アンメイギッベッラーアー、リィーメンバ…』》

最初は『ヘイ・ジュード』だった。このドーナツ盤は擦り切れるくらい聴き込んだ。その友だちは五年生の時に、遠くへ転校した。それから会っていない。その後の私に強い影響を与えた友人なのに顔も忘れてしまった。

中学生になって私の行動範囲は広がった。ビートルズは解散していたから、テレビでも生の演奏は見られなかったが、ビートルズ・シネ・クラブというファンクラブが全国各地でフィルムコンサートを開催していた。

愛音は私が熱心なビートルズ・ファンであることを知っていたから、結婚式のＢＧＭをビートルズにすることを面白がった。独身時代には趣味でマルチトラックのカセットレコーダーに一人で歌と演奏をオーバーダビングしていた曲も幾つかあったし、愛音に聴かせたこともあったが、私はそれらを式場で流せるほどのナルシストではなかった。キャンドルサービスの場面では、ジョン・レノン最後のアルバムから『ウーマン』を選んだ。

新婚旅行を終えて家に帰ってから、結婚式場のスタッフが撮影したVHSのテープを観た。火をつけて回る私たちはからくり人形のようにぎこちなかった。

愛音が最初に「つまんないわ」と言ったのはまだ新婚時代、愛音が頑張って夕食を作り、ダイニングで向かい合って食事を始めた時のことだったと思う。どんな料理だったかはすっかり忘れてしまったが、カボチャの皮が硬くて切り難かったので、それだけは私が手伝った。愛音が言うには恋愛時代は毎週デートしていた。一緒に遊んでくれた。そんな子どもが言うような不満だった。私はそんな愛音を贅沢なことを言っているだけだと思い、無償に腹が立った。

「平日は仕事で疲れているんだ。休みの日くらい家でのんびりさせてくれ」

私は言った。言い争いにはならなかった。

結婚から一年後、私は主任試験に合格した。同じ会社に勤める愛音は、昇級による報酬アップを知っていただけに非常に喜んだ。エントリーした一年目に合格できたことは出世レースに遅れを取らなかったということである。自分の名刺に主任の肩書が入ると、大きなプロジェクトを任された。海外出張を任された。私の人生は順風満帆だと思っていた。

私は家庭に仕事を持ち込みたくなかった。それで結婚後は愛音と仕事に関する話をしなくなった。所謂職場結婚である私たち夫婦にとって結婚前の話題は、会社の仕事や会社での人間関係に関することばかりだった。

私から愛音に話をすることは少なくなった。私にとって妻が話す話題は疎ましく感じた。その結果、夫婦の会話は、多分普通の夫婦と比べて極端に少なくなっていたのだろう。

私は自宅で古いロックのレコードを聴くのが好きだった。仕事で疲れていても、ＬＰにそっと針を下ろす瞬間は至極のときだった。一番良く聴いていたのは小学生の時に買ってもらった輸入盤のビートルズ・セカンドアルバム。日本盤とも英国盤とも違う選曲の米国盤。片面は十五分程度と短かったので、気軽に聴くことが出来た。

結婚後の愛音は洋楽には殆ど興味を示さなかった。いや、正確には六十年代の洋楽というべきだ。彼女はストーンズとビートルズの区別すらつかなかっただろう。

結婚から三年が過ぎて、愛音は子どもを欲しがるようになった。しかし私はそうでなかった。

「竜也さん、あんまり子どもが好きじゃないものね」

私の日頃の言動から、愛音は軽い気持ちで言ったのだろう。人間の心理とは不思議なものだが、その時の私は彼女が私を侮辱したように感じたのだ。今ではそれが間違っていたことを理解しているが、その時は言い争いになった。愛音は突然怒り出した私に驚いていた。

夫婦仲は次第に不協和音を立て始めていた。結婚前、私は愛音を少しも嫉妬深くない女性だと思っていた。それは私が結婚を決めた大きな要因の一つだった。しかし私に嫌われたくない彼女の演技だったのかもしれない。いつしか愛音は私の行動を執拗に詮索するようになっていた。私の携帯電話を盗み見して喧嘩になったこともあった。そんな時、諦めかけていた子どもを授かった。子どもが生まれたら以前のように仲のいい夫婦になれる。愛音はそう信じていたのかもしれない。

初めて胎児のエコー画像を見た時、私は愛音の気持ちを尊重することにした。彼女は約束してくれた。彼女が死ぬなんてあり得ない。私の気持ちも固まった。

愛音の病気を知ってから私は頻繁に有給休暇を使うようになった。愛音は喜んだ。思えば私たちの新婚時代はアツアツとは言えないものだった。

私は頻繁に愛音の大きくなったお腹に耳を当てて、胎児の心臓の鼓動を聞いていた。

「ごめんね」

愛音は私の顔を見て目を伏せた。

「えっ、何のこと？」

「以前、竜也さんは子どもが好きじゃないって言ったこと」

愛音は以前のことを覚えていて気にしていたのだ。

普段の愛音は病気のことを忘れさせてくれるくらい元気だったが、時々体調を崩した。胎児の成長は順調だった。胎児の性別は聞かないようにすることもできた。私は生まれてくる時の楽しみにとっておきたいと思っていたのだが、愛音は先生に教えてもらい、女の子だったことを私に告げた。

本屋には赤ちゃんの名前の付け方の本が何冊もあった。二冊買って違うことが書いてあると迷うのでたっぷり時間をかけて一冊を選んだ。『優美』という名前は二人で決めた。私は子どもが生まれてから決めようと言ったが、愛音は生まれる前に決めると言って譲らなかった。

運命の日、私は神に祈りながらその瞬間を待った。

優美の元気な産声を聞いた時も私は半分しか喜べなかった。

ベッドに横になった愛音は疲労困憊という顔をしていた。『風と共に去りぬ』は愛音が好きだった映画だったから私も何度もVHSのビデオを観ていた。その時の愛音の顔に、映画の中の出産直後のメラニーの顔がジワリと重なった。私はブルッと首を振ったが、厄難の影は消えてくれなかった。

看護師が優美を抱きかかえて病室に現れた。愛音は愛おしそうに我が子を見た。愛音の顔に女神のような生気が溢れた。私はようやく神に感謝した。

2

病室で私は愛音の手を握っていた。

「竜也さんへの贈り物」

私はドキッとした。取り乱しそうな気持ちを隠して言った。

「ありがとう」

愛音は満足そうに頷くと目を閉じた。

その時が愛音の瞳を見る最後になろうとは思いもしなかった。私の祈りは半分だけしか叶えられなかった。そのことを突きつけられたのは彼女が目を閉じた翌日だった。

医師は私に向かって口を動かしていた。何か言っているのだ。決定的な何かを。私には医師の言葉が聞こえていたはずだったが、頭の中では耳鳴りが響いていた。

私は嗚咽を上げることも出来なかった。身体から力が抜けて、その場に立っているだけで辛かった。自分の身体が自分でないような感覚だった。

私は神を呪った。本気で呪った。どれくらい呪っていただろうか。自分の周りで時間が止まったように感じた。自分の想念だけの行為が、何とも馬鹿げたことだと理解するまでに要した時間がどれくらいだったのか？　ただ私の脳の中で医師の言葉に意味が吹き込まれたことによって、自分が正気に戻れたことだけは理解できた。

「大丈夫ですか？」

何とか答えたような気がする。

愛音の遺体を退院させる時、私はずいぶん義姉の唐澤幸恵に世話になった。彼女とは結婚式の時に顔を合わせて以来だったと思う。私は彼女が愛音と三つ違いだったということさえ、それまで知らなかった。別れ際、彼女は私の両手を強く握った。

「気をしっかり持ってね。可愛い優美ちゃんの為に。何か困ったことがあったら、遠慮しないで言ってきてよ」

私は彼女に頭を下げた。

二歳年下の義姉と別れてから、赤ちゃん籠の中で眠っている優美を見ながら、健康に生まれてきてくれた優美に対して、私はどうしても素直に喜べない自分を意識していた。

時間は私を無視して流れていった。気づいた時には私は葬儀場にいた。葬儀屋は慣れていた。喪主の私が挨拶する内容さえも細かく教えてくれた。現実感が乏しく私はただ流されている。そんな感じだった。

親戚と一緒にバスに乗りあわせて火葬場に向かった。私が通された場所はホテルのエレベーターホールのようだった。ドアの先が火葬炉なのだろう。四列あったドアの一番左に台車に乗せられた棺桶が近づいていった。ドアが開くと台車のキャスターがゴロゴロと大きな音をたてた。棺桶は台車ごとドアの向こう側の空間に吸い込まれていった。私の背後で女性の嗚咽の声を聞いた。私は振り返ることなくドアが閉まるのを見つめていた。

火葬に要する時間は一時間十分だと告げられた。一時間後に収骨室に集まることが告げられた。それは火葬炉を挟んで反対側に位置しているという。何人かは休憩室に行ったが、私は建物の外に出た。

この火葬場に向かうバスの中で愛音の煙を見送る自分を想像していた。しかし煙を見ることはできなかった。今の火葬場では煙突はなく煙を外に出さない構造になっているという。定刻になり収骨室に入った。火葬場のスタッフから説明された話は骨を拾って骨壺に入れる儀式についてだった。スタッフの合図の後、ドアが開いた。白木の棺桶は跡形もなく消えていた。解っていたが変わり果てた愛音の姿に緊張した。

不思議な感覚だった。此処に愛音はいない。愛音の魂は物質を構成する元素から完全に抜けて無くなっている。そう確信した。

葬儀が終わったばかりなのに初七日法要が行われ、全ての儀式が終了した。脱力感に包まれていた私は殆ど喋ることができなかった。通夜の時から、私の隣には唐澤幸恵がいてくれた。いつの間にか彼女の姿は見えなくなっていた。私は彼女に感謝の気持ちをしっかりと伝えていなかったことに気づいた。

愛音がいない自宅に戻った。マンションの部屋で小さな小さな優美と二人きりになると、目の前が真っ暗になった。親とはぐれて迷子になった子どもの気分。迷子になっても目の前に道は確かにあった。自分を鼓舞して歩き出すしかない道。

ベビイベッドの中の優美は、

「アッ、アーィ、ベビイ」

と言った。私は驚いた。でも、すぐに驚いた自分を笑っていた。『ベビイ』という単語は赤ちゃんが喋る音を模倣した言葉、赤ちゃんが言うのは当たり前のこと。それに思い至った。それでも私は馬鹿みたいに喜んだ。

「凄いじゃないか。もう自分のことが言えるんだね」

気の利いたジョークのつもりだった。それから今度は優美に「パパ」と言わせようと何度も試みた。乳児にとって、半濁音は難しいようで、どうしても「ババ」になった。

当時は男性が長期の育児休暇を取得することは未だ一般的ではなかった。優美が生れて四十六日後、私は会社に復帰することにした。

生後一か月余りの乳児を預かってくれるような保育所は無かったが、義姉の幸恵が、姪の世話をしたいと申し入れてくれた。

「遠慮しないで。あたしは竜也さんと違って会社勤めじゃないから。それに優美ちゃんは私にとって初めての可愛い姪っ子なんだもの」

幸恵は画家だった。個展を開けるほどの著名な画家ではないが、生活に困らない程度の収入はあるらしい。幸恵の申し入れは有り難く受けることにした。乳児を預かってくれるシッターも探していたのだが、やはり他人よりも身内の方が安心できる。日曜日に打ち合わせを行い、月曜から幸恵は自家用車で通って来てくれることになった。彼女は水色の軽自動車に乗っていた。通勤時間帯は混むからと言って、早朝に自宅を出ていたようだが、それでも一時間は掛かっていた。

私は設計部に所属しており、当時は新製品のプロジェクトリーダーの職を任されていた。そのことを私は言い訳にしていた。夕方の八時前に帰宅できることは殆どなかった。なるべく早く帰らなければ、と思いながらも、ついつい義姉に甘えてしまっていた。

私が帰宅すると、幸恵はその日の優美について要領よく話してくれた。私は彼女が聡明な女性であることを知った。私と幸恵の会話は優美のことだけだった。優美の話を終えると、幸恵はすぐに帰って行った。私自身、そのことを少し寂しく思ったが彼女を早く休ませてやりたいと思い、引き留めることは遠慮していた。

そして金曜、私は報酬を入れた封筒を幸恵に渡した。

「お世話になりました。明日、明後日は、ゆっくり休んで下さい」

「じゃあ、遠慮なく」

幸恵はサバサバと受け取った。それは私の気持ちを軽くした。

「来週もお願いして大丈夫ですか？」

「大丈夫ですよ。じゃあ、おやすみなさい」

幸恵はニコリと笑って帰っていった。私は義姉が私よりも若いことを意識していた。

3

私が優美のオムツを替えてからベッドに入った時、優美はぐずり始めた。もう一度オムツを確認したが、濡れてはいなかった。腹がすいているのかと思って、ミルクを作って飲ませようとしたが、優美は飲んでくれなかった。夜泣きというほどの激しい泣き方ではなかった。子守唄を歌うことにした。

ビートルズの『ゴールデン・スランバー』を口ずさむ。

昔、昔、家に帰る道がありました。

優美ちゃんが変える道ですよ。

可愛い優美ちゃん、泣かないで。

パパが子守歌を歌ってあげるからね。

下手な歌だったが、優実は「黄金の微睡《まどろみ》」を手に入れ、私は優実の穏やかな寝顔を手に入れた。

僅かな会話の積み重ねから私は義姉が挿絵画家であることを知った。彼女は幾つかの出版社と契約していた。自分で買ったことはないが、彼女が挿絵を描いた月刊誌の名前は私も知っていた。幸恵は自分の私生活を殆ど話さなかったが、私が彼女の仕事の話を訊くと、嫌がることなく教えてくれた。

仕事は最初に、編集部から小説原稿と割り付け表という挿絵をどこに入れるかが決められた資料が送られてくることから始まる。挿絵画家はその内容を見て受託するかどうかを決めることになっているが、実際、自分の画風に合わないからといって断る人はいないらしい。

特別な場合を除いて、どの場面を書くかは挿絵画家の裁量に任されている。言いかえれば、挿絵画家はどの場面が挿絵を入れるのに相応しいかを決めるダイレクターのような立場だと思った。私が感心すると、彼女は初めて私の前で照れ笑いを見せた。

幸恵自身、やりがいがあるがそれだけ悩むことも多いと言った。自分が書きたい絵を描けるわけではなかった。いくら優れた絵でも小説世界のイメージと違ってしまうと挿絵ばかりが目立ってしまうという。挿絵はあくまでも小説の脇役に徹しなければならないらしい。

そんな話を聞くと幸恵に合っている仕事のように思えた。愛音と幸恵はあまり似ていない姉妹だと思っていた。まず外観が違う。愛音は丸顔で円らな瞳、髪の毛はショートボブ。少しふっくらしていた体形から受ける印象どおり性格も陽気だった。一方、幸恵は細面で奥二重の目は切れ長だった。背は妹より三センチ程高く、モデルのようにスレンダーだったが、彼女から受ける印象は地味で静かだった。言い古された喩であるが、愛音が太陽だとしたら幸恵は月だった。

私は幸恵を控えめな女性というイメージを持っていたので、彼女からその申し入れを聞いた時は驚いた。最初、幸恵は言い難そうにしながらも、車で通うのが少しきついという話をした。私自身、そのことは気にしていた。でも彼女に優美の世話を辞めて欲しくなかった。私はずっと悩んでいたことを思い切って口に出した。

「タクシー代、出そうか?」

「いいえ、そういう心算《つもり》で言ったんではなくて……。竜也さんが良かったらなんだけど」

その後、幸恵が言ったことは簡単に言うと、私の家に泊まらせて欲しい、ということだった。私は一瞬言葉を失った。

「でも、お義姉さん、仕事が出来なくて困るんじゃないですか?」

「それは大丈夫。ずっとキャンバスに向かっているわけじゃないし。絵にする小説を読みながら構図を考えたりすることが多いから。優美ちゃんの面倒を見ながら、その合間に出来るのよ」

私は言葉を探していた。

「ああ、竜也さんが迷惑なら、もちろん今までどおりでもいいんですが……」

「いや、迷惑だなんて、とんでもない。でも」

いくら姉弟と言えど義理の仲、独身の男女である。そのことを気にしていた。私が考えていることは幸恵が考えていることと同じだと解った。すると余計に言えなくなった。

私は自分に言い聞かせた。『レット・イット・ビー』なるようになるのだ。幸恵が泊まった最初の夜、妄想が私の股間を熱くした。目が冴えてアルコールの力を借りたくなった。冷えたビールが入っている冷蔵庫があるキッチンに行くには、幸恵が寝ているリビングを通らなければならない。結局、私は諦めた。その夜は優美の泣き声に起こされる以上に私はなかなか眠りにつけなかった。

禁欲生活は最初の数日間が一番辛かった。

ある夜、私は朦朧とした意識の中で女性の乳房を吸っていた。重力を受けて乳房は少し薄くなっていた。私が女性の上に覆いかぶさって自分の両脚を伸ばしていた。女性は恍惚の呻き声を上げた。私は女性の顔を見た。暗くて焦点が定まらなかった。

どうして、どうして？　私のベッドに貴方はいるんですか？

私の頭の中でそんな言葉が舞っていたが、朦朧とした意識の中、その言葉の意味が理解できなかった。視界に光を感じた。女性の顔に焦点が合ってくる。

驚愕の中、言い訳か何かを言おうとした。しかし声が出なかった。女性の顔は紛れもなく幸恵だった。必死で叫んだ。喉が押えつけられている感じがした。胸が苦しかった。脳に電流が走り私はやっと眠りから覚めた。

実際のところ、私は声を出して叫んではいなかったと思う。部屋には誰も居なかったが、もし誰かが私を見ていたとしても、夜中、静かに目を覚ましただけ。そう思ったに違いない。

それにしても自分が性的な夢をみるなんて。十代の頃に戻ったようだった。私は自分の下半身を確認した。流石に下着を汚すことはなかった。

そんな経験をしてから憑物が落ちたように私の性欲は暴れなくなった。

私と幸恵の同居生活は続いた。次第に育児に慣れてきた幸恵は画材道具を持ち込んで、私の家で仕事をしてもいいかと私に尋ねてきた。私は彼女の仕事に興味があったこともあり喜んで彼女の希望を聞き入れた。彼女は自分の仕事以外に私が優美を抱っこしているところを写生してプレゼントしてくれた。

休日には優美をベビイカーに乗せてマンション近くの公園を三人で散歩した。マンションの住人は私が幸恵と再婚するだろうと噂をしていたようだが、私と幸恵は笑って受け流していた。私たち二人にマンションの住人が思っていた男女関係はなかった。


優美が一歳を過ぎた頃、幸恵との同居生活は終わった。幸恵が優美の面倒を見るのは、優美が保育園に入れるようになるまで。それは私と幸恵の間で最初から決めていたことだった。

一年後の優美の運動会の後の出来事は私には意外というより衝撃だった。どういう経緯で運動会の話を幸恵にしたのかは思い出せないが、彼女は姪の運動会に来ることになった。私は時々、優美に赤ん坊の時の写真を見せてやっていた。自分と一緒に写っている女性が自分の伯母であることも教えていた。

優美は幸恵が作ったおにぎりを美味しそうに頬張った。ウサギの形のリンゴは食べるのがもったいないと言って持ち帰った。私にとっても楽しい時間だった。優美は幸恵にひっつきまわっていた。

「ゆみ、おばちゃんといっしょにねる」

いつもは聞き分けのいい娘が駄々をこねるので、幸恵は久しぶりに私のマンションに泊まることになった。だから私は一人で寝ることになった。

その夜、私はベッドの中で起こされた。私の横には幸恵がいた。以前の夢が蘇った。愛音のことが頭を過ることはなかった。私たちは何も言葉を交わさなかった。羞恥心は全く無かった。当然のことのように私たちは肌を合わせた。

それでも一つだけ意外なことがあった。私が殆ど使ったことのない避妊具を幸恵は持っていた。裸の彼女は巧みに私の身体の一部に避妊具を被せたのだ。それは彼女が絵筆を動かす時のように手慣れた仕草に見えた。

朝起きてみると、私の横に幸恵はいなかった。能天気にも、ビートルズの『ノルウェーの森』を連想した。幸恵はどんな顔をしているだろう。リビングに行った。優美は寝ていたが、幸恵は起きて朝食の準備をしていた。

「おはようございます」幸恵の声は普段通りだった。

「おはようございます」オウム返しのような挨拶。

私と幸恵が肌を重ねたのは一回きりだった。どちらか一方がほんの一歩を踏み出せば、状況は変わっていたのかもしれない。

一年が経ち、あの時のことが夢の中の出来事に思えるようになった。時間が偉大なわけではない。幸恵は愛音の代わりにはなれない。そんなこと、私は初めから知っていた。

第三章　秘密

1

喫茶店で概ね二人分の食事を平らげた明穂は左手でマロンを抱いたままさっさと歩き出した。彼女の足取りは確かなものに見えたが、街並みはどんどん寂しくなってくる。

「本当にこんなところにビジネスホテルがあるのかなあ。道、間違ってないか？」

明穂は俺の質問を無視してスマホを取り出した。

「スマホの地図では合っているんだけど」

民家もなく歩行者もいないから人に訊くことはできない。俺たちは無機質の薄っぺらい機械に従順になるしかなかった。

舗装された道なのに左右には建物が見えず空き地ばかり。時々車の往来はあったが、歩行者の姿は見えない。更に歩くと前方にくすんだ灰色の建物が連なっていた。

敷地はかなり広かった。人の気配は全くない。薄汚れた建物の窓の多くはガラスが割れたままになっている。プレハブの倉庫はシャッターが閉まっていない。大きな開口から中に置かれた旋盤やプレス機が見えた。それらは野晒しに近い状態のせいで錆びついていて今では明らかに使い物にならない。

「ここも倒産したんだね。きっと東南アジアの安い輸入品に市場を奪われたんだ」

明穂は似合わないことを呟きながら歩いた。工場跡地の向こう側にようやく目的のビジネスホテルが見えた。歩き出してから一時間近くが経っていた。

この工場が稼働していた時には、工場へ来る出張者が泊まるには最適なロケーションだっただろうが、今では経営が成り立つのか疑わしい。

ホテルのロビーは狭かった。客は一人もいない。カウンターに女性のフロント係りがいることが不自然に思えるくらいだ。彼女の顔を見た時、俺と明穂は同時に顔を見合わせて少し笑った。さっき食事をしたばかりの喫茶店の女主人に雰囲気が似ていたが、近づくと明らかに別人であることが解った。

「ネットで予約を入れていた沢田です」

「スタジオツインで予約の沢田慶子さまですね。その猫ちゃんも一緒です……、あのぉ」

フロント係は労務者風の中年オヤジに警戒の表情を浮かべたが、明穂が「父です」と言うと、流石に客商売。笑みを返した。

「それでは、こちらにお名前とご住所をご記入下さい」

フロント係りは宿泊者カードを明穂に差し出すと、奥に引っ込んでペット用のケージを持って出て来た。

「それでは、これにお願いします」

明穂はマロンをケージに入れた。マロンは嫌がらなかった。その後、フロント係から渡されたキーには、昔ながらのプラスティック製の棒状のホルダーが付いていた。

「じゃあ、お父さん、行こう」

明穂は俺の驚きを無視して歩き出す。俺はケージを持って後についていく。

部屋の広さはシングルルームだった。ペット可といっても折り畳み式らしいエキストラベッドが入っているので荷物を置ける場所は限られる。窓側の一画に辛うじてスペースを見つけ、そこにケージを置いた。

「狭いけど、お父さん、こっちのベッド使わせてあげるからいいでしょう」

「いちいち、お父さんと呼ばなくてもいい」

彼女はバサッとエキストラベッドに寝ころんで、自分の脚を揉み始めた。

「どうして偽名を?」

「ヤクザから逃げているんだから用心するのに越したことはないでしょ」

小娘の割に意外としっかりしている。郷原会のヤクザが俺のアパートを見つけたのは本名で借りていたからだろうか。俺も今後は本名を隠すべきかもしれないと思った。明穂はチェックインの時にフロントで宿泊者カードを書いていたが、俺はよく見ていなかった。

「ところで、俺の名前は何で言うんだ?」

「沢田剛志、強そうでしょう。さぁ、お父さんはお風呂に入ってきて」

明穂は手を振って俺を追い払うような動作をした。俺は自分のバッグが気にならないわけではなかったが、明穂はホームレスから盗みをするような女ではないだろう。

バスタブは狭く肩まで浸かるには膝を曲げなければならなかったが、久しぶりに寛げた。何か歌いたくなった。頭に浮かんだのは、二拍の足踏みと手拍子の繰り返し。

バスタオルを腰に巻いてバスルームを出ると、明穂が訊いてきた。

「何、歌っていたの？　気持ちよさそうに」

「クイーンの『ウイ・ウィル・ロック・ユー』聴いたことあるだろう」

「ううん、知らない」

ジェネレーションギャップを感じたが、ある異変にも気づいた。入口に置いていた下着がなくなっている。部屋を見回すと、エキストラベッドに腰を下ろしている明穂の傍にポリ袋があり中に俺の下着が入っている。

「洗濯に行くから、洗うもの出して」

「洗濯？」

「ついでだから……。二階にコインランドリーがあるんだ」

俺は言葉を失った。「ついでだから」とは自分の衣類と汚いホームレスの衣類を一緒に洗うということか。

「ねぇ、ぼーっとしてないで」

彼女の親切心を無にしては悪い。動揺を隠してバッグを開き、洗うべき衣類を娘役に提出した。

「じゃあ、留守番しといて」

明穂が部屋を出るとバタンと勢いよくドアが閉まる音がした。キャリーケースは無造作に置いたままである。

部屋に備え付けの浴衣を羽織った。テレビのスイッチを入れてベッドの上で脚を伸ばした。今の自分に現実感はなかったがテレビが伝えるニュースはもっと現実感がなかった。

警察署で弁護士との接見を済ませた容疑者が逃走した事件だった。弁護士が帰った後、接見室では容疑者一人になった。容疑者は仕切りのアクリル板を押した。すると強度が不足していたのか、枠とアクリル板には隙間が出来た。容疑者はその隙間を通って接見室の扉から通路に出た。接見室の扉の開閉を知らせるブザーはあったが、ブザーの音がうるさいので、警察署員が装置の電池を抜いていた。今どき子ども向けのマンガでもこんな嘘っぽい設定はしないだろう。テレビ画面に容疑者の顔写真が映し出された。大人しそうな若い男で凶悪な印象は受けなかった。

漫然とテレビを見ていたらドアをノックする音がした。

「お父さん、開けて」

ドアを開けて明穂を部屋に入れると、彼女はベッドの上で洗濯物を広げて畳み始めた。

「はい、これはお父さんの」

男物の下着は几帳面に畳まれていた。

「お父さん、ごはん食べに行こう。マロンちゃんには留守番してもらって」

「メシは……、君ひとりで行ってくれ」

「君？　父親は娘を君なんて呼ばないよ。それより、あたしと一緒は嫌？」

明穂は顔をしかめた。

「そうじゃない。マロンをひとりで残しておきたくないんだ」

「心配性ね。意外」

　ホテルだから安心だろうと思うがテーブルに張り付けにされた、あの悲惨なマロンを見てから、マロンだけを置いてどこかに行くことはどうしても出来なくなっていた。

「でも、おなかすいたでしょう？　お昼もあんまり食べてないし」

「ホテルにコンビニが併設されていた。そこで何か買うさ」

「じゃあ、あたしも」

　結局、俺たちは弁当を買ってテレビでも見ながら部屋で食べることにした。何故か解らないが明穂はハサミも買った。

　明穂は部屋に備え付けの電気ポットで湯を沸かし、部屋にあったティーバッグの緑茶を淹れた。

　明穂はテレビのお笑い番組を馬鹿笑いして観ていたが、俺は笑えなかった。

「面白くないの？」

「俺には難解すぎる」

「まあ、大人はニュースがいいんだよねー」

　明穂はチャンネルをＮＨＫに変える。

「ああ、これ、すごいよねー」

「知ってるのか、この事件？」

「知ってるに決まってるじゃん。一週間も見つからないって、大騒ぎなんだから」

「でも、もう捕まるんじゃないか」

「そうかなぁ。あたしは捕まらないと思うな。警察なんか、どんくさいから。あっそうだ。この容疑者が捕まらなければ、あたしも郷原会には捕まらない。そんな気がする」

何とも大胆な予想である。

「実は俺も郷原会から逃げているんだ」

「えっ？　でも、どうして逃げなきゃいけないの？」

「解らない。飲み屋でヤクザのケンカに巻き込まれたことがあったが、三年以上も経った最近、郷原会のヤクザに襲われた」

「そのヤクザの名前、解らないの？」

「以前、刑事から名前を聞いたんだが……。くそっ、忘れてしまった。鷲鼻で腫れぼったい目をしている」

明穂は考え込んでいたが、首を横に振った。俺は名前を思い出す努力を続けた。

「そうだ。思い出したぞ。黒岩だ。黒岩道彦」

そう口に出した時、頭の中で雷鳴が響いた。自分が抹殺した過去の記憶を思い出すのは容易《たやす》くない。思い出そうとする自分と封じ込めようとする自分が格闘した。しかし俺は思い出した。ある名前、忌まわしき名前を。

「やっぱり知らない。そんな男、見たことないし、そんな名前、聞いたこともない」

明穂は深刻な顔をしていたが、もう彼女から黒岩のことを聞き出す必要はないのかもしれない。

俺は黒岩健二《くろいわけんじ》という名前を思い出していた。名前から考えて、健二は次男なのだろう。黒岩道彦は黒岩健二の兄かもしれない。

2

明穂と共にホテルの部屋のバスルームの中に入った。売店で買ったハサミは、俺の伸び過ぎた髪を切るためのものだった。

「上手でしょう」

明穂は得意そうに言ったが、散髪の腕前は判断できなかった。明穂は床に散らばった髪の毛を綺麗に取り除いた。髭はホテルに備え付けのカミソリを使って自分で剃った。久しぶりにさっぱりした。明穂は剃り残しを探すかのように俺の顔を無遠慮に見ていた。

「竜也さん、じゃなかった。お父さん。やっぱハンサムだね」

明穂は水商売のホステスである。額面通りには受け取れない。

チェックアウトの時、宿泊客の人相がすっかり変わったことでフロント係は驚いていた。明穂は楽しそうだった。無邪気なものだと思ったが、無邪気なのは俺の方だった。

「これで坂口はあなたを見ても、あたしと一緒に逃げた人だとは思わないわ」

この時の俺はマロンと出会った時と同じように、明穂との出会いも単なる行きがかりだと思って疑うことをしなかった。ただマロンを含めた三人の奇妙な旅が始まった。そんなくらいに考えていた。

電車に乗った。特に話し合うことはなかったが、旅の幹事は明穂になっていた。二つ目の駅を通過した時、明穂はすっと俺から離れた。彼女はその駅で乗ってきた老婆に近づいていった。

「お婆さん、こっちよ」

明穂は老婆を車両の優先座席の近くに案内した。優先座席にはヘッドホンをした若い男が目を瞑って座っていた。

「お婆さんが座るから立って」

明穂は若い男に言った。男は反応しない。ヘッドホンからシャカシャカした音が漏れていた。明穂は男のヘッドホンを雑に外した。男は目を開けて明穂を睨んだ。

「なにすんだよ！」

「お婆さんに席を譲りなさいよっ！」

周囲の乗客が驚いた。座っていた男は渋々という感じで立ち上った。明穂は恐縮する老婆を座らせ、俺が立っている場所に戻って来た。

「あたしああいうの見るとムカつくんだ」

「大胆な真似をする。最近は注意されて逆切れする若者が多いんだ。怪我するぞ」

「一人の時はしない。今日はボディガードがついているから」

先が思いやられた。

「次、降りるから」

明穂が指を立てていた。降りる駅が解ったがそれだけのこと。列車は停止し多くの乗客が降りて、改札ゲートには列が出来た。そこは賑やかな街だった。

明穂は立ち止まることもなく当然の如くその店に入った。全国にチェーン展開している有名な紳士服店。一階フロアにはメンズとレディースが左右対称に陳列されていた。明穂はレディースには見向きもせずにメンズのエリアにさっさと進む。いさぎよく数着を選ぶと値札を俺に見せた。

「お金あるよね？」

「あるさ」

俺は明穂が選んだジャケットを買わされた。今まで着ていたジャンパーは明穂に取られた。父親役は娘役に素直に従った。新しいジャケットを着て店を出た。暫く歩いたところにあった公衆のゴミ箱に明穂は古いジャンパーをいきなり捨てようとした。俺は抵抗を試みたが、明穂は容赦なかった。

「これから、どこ行こうかなぁ？」

明穂は独り言のように言ってから俺の顔を見た。どうやら彼女の中の旅の行程表はここまでしか書かれていなかったらしい。明穂はキャリーケースをゴロゴロと前後に動かした。

「重い荷物持って歩くの、しんどくなっちゃった。あっそうだ。お父さん、車の運転できる？」

「できるけど」

「やったー」

明穂は嬉しそうな顔をして、スマホでどこかに電話を掛けた。

「アユミでーす……。ウン、ゴメンね。あのお店、イヤになっちゃったの……。でも、ノリさんのこと、忘れてないよ……。ウン……、そう、声が聞きたくなって……、ウフフ。それでね、念願の車での日本一周しようと思って……。えっ、聞いてない。そうだっけ……。ノリさん、車、何台も持っているって言ったじゃん。ねっ、何でもいいから一台貸してくんない……。ウン、あたしは運転できないけど……。ウフフ、そう……。なんちゃってーっ。嘘だよーん」

甘ったるい声を出すために必要なのか、明穂はクネクネと身体をくねらせている。

「本当はお父さん……。一緒に旅行しようと思って、お礼するからさぁ……。ウン、じゃあ、お父さんとの旅行が終わったら、ノリさんとドライブする……。ホント？　やったー。それで、ノリさんってどこに住んでいるの？……。じゃあノリさんが帰る頃に行くわ……。そうなの……、じゃあ駅で電話する……。じゃあねー、チュッチュッ」

電話を切ると、明穂は片目を眩しそうにしかめた。何か？　と思ったら、ウインクらしい。あまりに下手だったから、よく解らなかった。

目的の駅に降りた時は、夕方の六時を回った頃だった。

片桐典明は多い時には毎週のように明穂が勤めるキャバクラに通っていた独身貴族らしいが、貴族が住むようなところには思えなかった。明穂がスマホを取り出して甘ったるい声を出した。

十分くらい経って、派手なエキゾーストノートが聞こえてきた。颯爽と登場したのはメタリックグレーのＢＭＷだった。左ドアから降りてきたドライバーは颯爽としてはいなかった。小学生から変わっていないような髪型の下には、おそらく四十を過ぎていると思われる顔があった。黒縁眼鏡の中の目は虚ろでニットのカーディガンは彼の撫で肩を強調している。

「どっ、どうも」

男は俺に目を合さずにペコリと頭を下げた。俺も頭をぎこちなく動かした。

「急なお願いをしてすみません」

「いっ、いえ、いいんです」

「わー、ノリさんの車かっこいいねー」

明穂は勝手に後部ドアを開けてキャリーバッグを入れると、俺には後ろに乗るように言ってから、マロンを抱いてさっさと助手席に乗り込んだ。

「あっ、あのう……、車で旅行って、その猫も？」

「ああ、心配しないで。車を汚したりしないのよ」

「そう……。それならいいけど」

片桐は今更断れないといった感じだった。

着いた家の庭には旧式の車が三台並んでいた。ヴィンテージカーかもしれない。しかしよく見るとナンバープレートが付いていない。これでは公道は走れない。明穂は俺に申し訳なさそうな顔を返した。

「ちっ、違いますよ。これは観賞用で」

慌てる必要もないと思うのだが、片桐は手で顔の汗を拭いてから、車の説明を始めた。明穂が遠

慮がちに、

「あのぉ、貸してもらえる車って」

「あっ、そうだね。ゴメンゴメン」

片桐は俺たちを裏庭の方へ案内した。

「アッ、アユミちゃん、今、貸せるのは、この二台なんだけど」

片桐が手で指したのは、プジョーのスポーツカーと今では販売されていない国産のステーションワゴン。

「わぁ、かっこいい」

明穂はプジョーに見とれていたが、それは目立ちすぎる。俺は明穂に目で合図をした。彼女は頷き、ステーションワゴンを借りることにした。

片桐は家に置いている車について説明を始めた。明穂は車を貸してもらう手前、「スッゴーイ」とか「カッコイイ」とかを連発していた。

俺は片桐という男が自動車関係の仕事をしているのかと思っていたが、そうではなく車は趣味だという。相当な金持ちだ。

「それでね、ノリさん、これはお礼」

明穂はバッグから金を出した。一万円札が相当の厚みだった。

「こっ、こんな大金、本当にいいの？」

「うん、結構長いこと借りると思うから。それと……、車をあたしたちに貸しているってこと、内緒にしていてくれないかなぁ。今度、ドライブデートするからさぁ」

「うっ、うん、そりゃいいよ」

「ありがと。やっぱ、ノリさんは頼りになるわぁ」

片桐の緩んだ笑顔は些か気味が悪かったが、商談は無事に成立した。

母屋から母親らしき女が出てきて夕飯を誘われたが、明穂はこれから行くところがあるからと言って遠慮した。残念そうにする演技は忘れなかった。

「これなら車中泊もできる。ホテル代が浮くね」

明穂は喜んでいた。田舎道を小一時間走って、最初のコンビニを見つけた。そこで食品を調達し、車は公園の駐車場に停めた。明穂がシートを最大傾斜にしてから数分後、気持ちよさそうな寝息が聞こえてきた。若さが羨ましくなるのはこういう時だ。

彼女が片桐へ掛けた電話で、車での日本一周旅行が念願だったと言っていた。あれは口からのデマカセだったのだろうが、俺も免許をとったばかりの学生時代はそんな旅がしてみたいと思ったこともあったが、結局しなかった。大学を卒業後、普通のサラリーマンになり、普通の結婚をして普通の父親になった。妻は病気で亡くしたが、普通の人生のはずだった。あの事件が起きるまでは。

それにしても他人が近くで寝ていると寝難いものだ。

朝起きると首や腰が痛い。いくら広いワゴン車といえどもシートはフルフラットにはならない。夜中に何度も目を覚ました。もう若者のような車中泊は出来ないと思った。

車から出て公衆便所で顔を洗い自販機の缶コーヒーを飲んだ。車に戻っても明穂は寝ていた。寝顔を見ていると、優美のことを思い出さないわけにはいかない。

「ふぁあー」

突然カバのように口を開けて明穂は起きた。

「おはよう」

俺が先に声を掛けた。明穂は横着にも片目だけを開いて顎をポリポリと掻いてから鷹揚に「うむ」と応えた。

「やっぱ、いいねー、ワゴン車は。カイテキじゃん」

俺は宿泊費を払うからと言ってホテル泊を主張した。

「ホームレスなのに、ぜいたくー」

明穂はそう言いながらも俺の主張を尊重した。但し俺が金を払うことは頑なに拒否した。宿泊者名簿に記載する偽名を明穂はまた変えた。ただ父娘の設定だけは変わらなかった。ホテルのフロント係がそれを信用したかどうかは定かではない。

3

奇妙な旅が始まってから丸一週間が経った。最初は抵抗があった「お父さん」と呼ばれることにも慣れてきていた。それが「パパ」だったら、決して慣れることはなかっただろう。優美がそう呼んでいたから。

明穂は実家が林檎農家だと言った。父親は俺よりも十歳も年上だった。

「うまいんだろうな？」

「えっ？」

「林檎」

「でしょうね」

その言葉に棘を感じた。

明穂の父親は子どもと遊んだりはしなかった。頭にあるのは林檎のことばかり。自分の妻も自分の娘も林檎栽培の労働力としてしか見ていなかった。昔気質で封建的。そんな風に明穂は父親を厳しく非難した。明穂が高校を卒業して、すぐに都会に出たのは父親に対する反発心があったようだ。

彼女が口にする父親への反発とは裏腹に、本当は父親と仲良く暮らしたかったんじゃないか。こんな俺に対して馴れ馴れしく振る舞うのは、こんな父娘関係を本当の父親と望んでいたんじゃないか。俺にはそう思えた。

明穂の天真爛漫さに俺の気持ちはほぐされていった。俺は少しずつ自分の過去を話していた。差し障りのない範囲で。

「へぇー、お父さん、ダイクラスに勤めていたの。一流企業じゃん」

俺が入社した当時のダイクラスは所謂ベンチャー企業ではなかったが、非上場の新興企業だった。

通っていた大学の教授は大企業を勧めてくれたが、将来性のある会社だと思って自分で決めた。二か月足らずの研修期間の後、精密機器を開発する部署に配属された。所属するチームで開発していた製品の主要市場は欧州だった。

入社二年目の夏、自分が設計した試作品をハンドキャリーして、フランスの現地スタッフとミーティングをすることになった。大学時代に一度だけ学会の視察旅行団に参加させてもらい、欧州を一週間、旅行をした経験はあったが一人で海外に行くのはその時が初めてだった。当時の俺の英語力は日常会話にはどうにか困らないという程度で、一人での海外出張なんて無謀だった。大企業だったら許可されなかっただろうが、当時のダイクラスは自由な会社だった。

シャルルドゴール空港に降り立ったのは二度目だったが初めての感じだった。人間は歳を取ると緊張しなくなるが、若い頃はそうではない。イミグレーションで正直に『ビジネストリップ』と言ってからが大変だった。係官は取引相手について訊いてきた。俺は現地法人だと伝えた。すると現地法人について訊かれた。日本で開発した製品を欧州で販売する会社だと説明した。係官はミーティングかと訊いた。当然そうだと答えた。俺の英語はたどたどしいもので、こんな程度の簡単な会話でも相当の苦労を要した。係官の英語がフランス訛りだったのも影響したかもしれない。

手荷物検査は『サイトシーイング』の乗客よりも明らかに念入りに行われた。俺のキャリーバッグの中から、金属フレームに電子デバイスや蓄電池が取り付けられた機械がでてきた。爆弾には見えなかっただろうが、素人目には怪しい代物に映ったかもしれない。

犯罪者を連行するような感じで別室に連れていかれた。そこで人相の悪い係官に説明を求められた。機械は開発中の試作品で、この製品に関する技術打合せをするということを俺は伝えた。すると係官は強い口調で、これはフランス国内への輸入品にあたるが、申請がされていない、と主張した。俺は持ち帰る物だから輸入品ではないと訴えた。言葉はなんとか通じたようだが、その主張は受け入れられなかった。当時の俺は輸出入に関する法律に疎かった。

係官からインボイスと呼ばれる取引貨物の明細書を出すように言われたが、俺は持っていなかった。数人の係官が集まって何か話し合いを始めた。俺は厄介なことに巻き込まれたと思っていたが、彼らも厄介だなという顔をしていた。俺への同情もあったように思う。関税を支払えば、試作品を返してもらい入国できるということになった。

当時はユーロが導入される前で、フランスの通貨はフランだった。正確な金額は忘れたが、当時の俺にとっては、かなりの高額だった。

金を持っていないことを言うと、財布を見せろと言われた。財布にそんな金は入っていない。財布を出すと、係官はＪＣＢカードを見つけて、これで支払えばいいと言う。結局、言われるまま、伝票にサインをした。警察に捕まった無実の人間が、やってもいない犯行を自供する気持ちが少し理解できた。

やっとのことで空港を出ることができた。タクシーを拾ってホテルに行った。ホテルで現地スタッフと落ち合う予定だったが、約束の時間を四時間以上も過ぎていた。フロント係の女性に現地スタッフは帰ってしまったと言われた。俺がちっとも来なかったからだ。俺が二十代の頃は誰もが携帯電話を持っている時代ではなかった。

ホテルから現地法人のオフィスに連絡をとってもらい、なんとか現地スタッフと出会えた。やっと日本語が通じる相手に出会えた。髭の濃いオッサンだったが抱きつきたくなるほど嬉しかった。もちろん抱きついたりしないが。

彼に事情を話すと笑われた。人の不幸を笑うとは人間が出来ていないと思った。俺は空港で支払った関税のことが心配だったが、支払伝票を見せると会社が経費で払うと言ってくれたのでやっと安堵した。

初対面の現地スタッフは教えてくれた。たとえ出張であっても「サイトシーイング」でいいんだ。係官から何か聞かれても、「アイ・キャン・ノット・スピーク・イングリッシュ」で通せば、話が出来ない奴に付き合ってはいられないって思われて通してくれる。その情報は出張前に教えて欲しかった。

明穂はそんな話に時々口を挿みながら楽しそうに聞いていた。

「いいなぁ」

その言葉でドキリとした。ただ昔を懐かしんで話しただけだが自慢になっていたのかもしれない。

「いいもんか、大変な出張だったんだ」

「でも海外に行けたんでしょう。あたしなんか一度も海外なんか行ったことないもん」

「若いんだから、これから行ける」

「でも英語喋れないし。お父さん、一緒に行ってくれる?」

「考えておく」

　嘘をついた。

「でもさぁ、そんなエリートがどうしてホームレスなんかになっているの？　あっ、会社で業務上横領なんかして、懲戒解雇になったんでしょう」

「違う」

「じゃあ、秘書の女性にセクハラしたんだ」

「仕事が……、いやになった」なげやりな言葉を口に出していた。

「そんなこと駄目だよ。お父さんが働かないと家族が困るじゃない」

　愛音の顔と優美の顔が脳裏を過った。

「どうしたの……、お父さん、なっ、泣いてるの？」明穂は驚いていた。

「ばかっ、泣くわけないだろ」

　自分の声が自分でないような感覚だった。

「ごっ、ごめん。辛いこと……、思い出させちゃったみたいで」

　俺は黙っていた。

「お父さん、黒岩道彦って男、あたしに知らないかって訊いてきた。会社を辞めた理由って、そのことと関係があるの？　そうなら教えて。あたしなんかにでも話したら気が楽になるかもしれないよ」

　その言葉は砂漠の中を彷徨《さまよ》い歩いて、やっと見つけたオアシスの水のように感じた。しかし未だ喉を潤す気持ちにはなれない。

「そうだな。いつか」

「ほんと？　それなら嬉しい」

俺は彼女の髪をそっと撫でた。マロンが「ミヤウ」と鳴いた。

「行こう」

俺たちは車に戻った。行き当たりばったりの旅だったが、明穂のスマホは俺たちが西に移動していたことを知らせてくれた。

「じゃあ、このまま西に行こう」

運転手は助手席のナビゲーターに従った。

目的地を決めない旅は距離計の数字を増やすだけ。カーラジオから流れるお喋りも歌も単調な時間を彩ることはない。明穂はラジオのスイッチを切ると、いきなり歌を歌い出した。曲調は明るく陽気だったが、歌詞が吐き気を催す内容だった。結婚を控えた女性が婚約者に対して、自分をわかって欲しい、たいせつにして欲しい、と言う歌だったが、あまりに自己主張が激しく、エゴイスティック。どうして明穂がこんな歌を歌うのか、理解出来なかった。

「もういい。他の歌にしてくれないかな」

嫌悪感に耐えられなかった。明穂は好きな歌だったらしく不満を漏らした。乙女心を歌ったヒット曲で、結婚式でも歌われるという。信じられなかった。新郎は、いや、新郎の親は、こんな歌を聞かされて、笑っていられるのだろうか？

「キムタクだって、テレビの番組で弾き語りしていたんだよ。うーん、まぁ、そうかなぁ？　男の人には共感できない人もいるかもね」

「共感できない人もいるだって、そんな生易しいもんじゃない」

歌の中の女が、夫に尽そうとせず、自分をこう扱って欲しいと要求ばかりだと指摘した。

「そこが可愛いんじゃない」

「結婚って、そんなもんか。なんで男が女をそこまで甘やかさなきゃいけないんだ。そんな取扱説明書は糞食らえだ！」

言ってから自分が熱くなりすぎていたことに気づいた。たかが歌じゃないか。

ずっと昔、俺が子どもの頃にテレビで見た高齢のボヤキ漫才師のことを思い出した。あの二人は夫婦だったのだろうか？　漫才は重い時事ネタは一切せずに他愛もない流行歌を題材にしたものに終始していた。ボケ役の爺さんが歌詞に難癖を付けて、ツッコミ役の婆さんに窘《たしな》められるというパターンだった。あの漫才には全く笑えなかったが、今の俺は流行歌に文句を言っている。笑ってしまった。

「もうやめよう」

「そうね。こんなことで言い争いするなんて馬っ鹿みたい。ねぇ、今度はお父さん歌ってよ」

「いやだ」

「お風呂で歌っていたじゃない」

「車じゃエコーがかからない。それに君が知っているような歌は歌えない。歌えるのは昔の歌だけだ。おまえさんが生まれるずっと前の」

「聴きたいの、昔の歌」

運転しながら考えた。ぴったりの歌があった。ビートルズの『ドライブ・マイ・カー』

明穂が歌詞の内容を訊いてきたので俺は教えた。

「歌詞の中で男が女に訊くんだ。『君は何になりたいのって?』って、おまえさんだったら何になりたい?」

「うーん、なんだろう。金持ちかな」

「惜しいな。女の台詞はこうだ。『映画スターになりたい。有名になりたいの。それで、アンタをお抱え運転手にしてあげる』って」

明穂は声をあげて笑った。

4

オッサンと若い娘は家族ごっこを続けていた。何時だって行先は若い娘が決めたからオッサンは考えなくてもよかった。

前方にスポーツ用品店が見えた時、明穂はその店に入ることを決めた。俺は理由を訊かない。いつもどおり明穂に従うだけだ。明穂はアウトドアのエリアに行き、最初にテントとテントに取り付けるランタンを選んでショッピングカートに入れた。その次は調理用ストーブを物色していた。

「何をするんだ？」

「肉じゃが、作る。子どもの頃から、キャンプしたかったんだ」

逃亡者の発言とは思えない。その店では鍋や固形燃料を買った。それからスーパーマーケットに行き肉じゃがの材料を買った。

キャンプが出来そうな場所を探して人里離れた林の中を走っていくと、お誂え向きの場所が見つかった。

当初、奇妙な旅と思っていたが二週間が過ぎると、そんな形容詞はすっかり消えていた。マロンは人間の言葉を喋らなかった。明穂がいるからかと思って明穂がいない時に話しかけたりしたが駄目だった。

警察署の接見室から逃走した容疑者が逮捕されたというニュースは、スマホを見ていた明穂から聞いた。すぐに明穂の予言、容疑者が警察から逃げている間は俺たちも郷原会から逃げていられるという予言を思い出した。

「脱走犯が捕まったから、あたしたちも注意しないとねっ。あーっ、でも本当に悔しいなあ」

脱走犯には女性に乱暴した容疑が掛かっている。女性の敵と言ってもいい。俺が驚いた顔をすると明穂は更に不謹慎な発言を続けた。警察署からの脱走は悪いことだが、容疑者はそれを補って余りある善行を成したというのだ。彼女が言うところの善行とは警察署の悪行を詳《つまび》らかにしたことらしい。

強大な権力を有する機関の怠慢は確かに悪行と言えるだろうが、善行を行う為と言えども、凡人の俺は些かの違和感を抱かずにはいられなかった。

その日の買い物の後、駅の構内に立ち寄って、フリーペーパーの求人誌を手に入れた。

「お父さんの仕事は、あたしのボディガードなんだから、肉体労働なんてしなくていいよ」

「いや、こんな怠惰な生活を続けていたら身体がなまってしまう」

マロンの世話は明穂が見てくれるから安心だ。俺は肉体労働を再開させることに決めた。明穂と連絡を取る為に新しいプリペイド携帯を手にいれた。それは仕事先との連絡を取るためにも必要だった。

日本人は所謂3K仕事、きつい、汚い、危険、を嫌って、肉体労働の現場における外国人比率はここ二、三年で急増している。選り好みさえしなければ仕事を手に入れることは容易いのだ。

翌朝、明穂に見送られての出勤になった。

「帰る前にショートメール入れて」

俺は約束しなかった。

肉体労働は久しぶりだったから身体の節々が痛くなったが、痛みは俺のような人間には心地良かった。

帰り道、気が向いたからショートメールを入れた。車を停めていた場所に歩いて行くと、マロンを抱いた明穂が手を振るのが見えた。肉じゃがを作っていた。娘のような明穂と一緒に夕飯を食べていると会話が弾んだ。人間は四六時中、顔を突き合わせているよりも一緒にいる時間が短い方が時に心が通い合うものかもしれない。食事を終えて後片付けをしてから、

「お父さん、結婚を決めたのは何が決め手だったの？」

明穂はそんな質問をしてきた。恥ずかしがる歳でもない。俺は愛音との出会いを話した。懐かしい思い出に浸りたかったのかもしれない。

「名前は何て言うの？」

「愛音」

「アイネ？　どんな字を書くの？」

「愛するのアイに、音色のネだ」

「へぇ、いい名前」

「名前に惹かれた。両親がモーツァルトを好きだったのかもな」

「どういうこと？」

「アイネ・クライネ・ナハトムジーク」

「わかんない」

物を知らないにもほどがあるが俺は彼女の明朗さにつられて、愛音のことを深刻な顔をせずに打ち明けることができた。

「でも優美を産んで死んでしまった。子宮癌だったんだ」

「お父さん、優美ちゃんを独りで育てたのね。苦労したんだ」

「親戚にも助けてもらえたから」

「優美ちゃん、あたしと似ている？」

「ああ、似ている」

「ずっと会ってないって言っていたけど……。本当は会いたいんでしょう？」

「会えないんだ」

「どうして？」

「優美は不良になって、家出をした」

「お父さん、探したんでしょう？」

「もちろん探したさ。優美はひどい男に引っ掛かっていたんだ」

「何て男？」

俺の脳裏に男の顔が浮かび上がった。その男が笑った顔など見たことがないのに、何故か笑っていた。

「黒岩健二だ。くそっ」

吐き捨てるように言うと、忌々しい顔は消えた。

「それって、以前、あたしに『知らないか』って訊いてきた、ヤクザの……」

「多分、弟じゃないかと思う」

「どうして、お父さん、そのことを？」

「優美から聞いた」

「会えたの？」

「ああ、優美から電話があったから」

過去に手を伸ばし、封印していた記憶の扉を開いた。身体は激しく震えだした。

自分の身体ではないような感覚。目を瞑った。すると暗くなるはずの視界にチカチカと光が射し込んで映像が現れた。白いシーツが見えた。誰かの手がシーツを捲った。そこにあったのは……、優美の顔だった。彼女は仰向けで横たわっていた。睫毛はピクリとも動かなかった。間違いだ。間違いだ。激しく首を振った。

「お父さん、大丈夫？」

明穂の声が聞こえた。視界の中の画面が切り替わった。次に現れたのは優美が立っている姿だった。青白い顔をして俺を見た。バチッと映像は切り替わった。優美のブラウスに赤い血が付いている。またバチッと映像が変わった。優美は笑っている。彼女は元気よく歩いている。また映像が切れた。それからは猛烈な勢いで優美の様々な顔が現れては消えてを繰り返した。目が回りそうだった。

「お父さん、しっかりして！」

明穂が叫んだ。俺は首を激しく左右に振った。映像は消えた。俺は肩で息をしていた。こんな激しい発作が起きたのは初めてだった。目を開けると明穂が心配そうな顔で俺を見ている。

「俺は……、優美を殺してしまった」

「嘘よ、そんなこと！　お父さんが、優美ちゃんを殺すわけないじゃない！」

明穂は俺の身体を激しく揺さぶった。

「俺が……、俺が……。とんでもない過ちを犯した」

「嘘よ嘘。ねぇ嘘だって言って！」

そうか、あれは全て嘘なんだ……。俺の妄想……。いや妄想じゃない。

「俺が殺したも同然なんだ！」

「殺したも同然……、どういうこと？」

明穂がきつい目で詰め寄った。それで現実に戻された。優美の顔が俺を苦しめることはなくなったが、健二の顔が優美の顔に取って代わって現れた。マネキンのような顔。しかし、俺は健二の顔を恐れることはなかった。健二は俺にとっては恐れの対象ではなく憎しみだけの対象だった。

キリキリとウインチが時間を巻き戻し、過去の現実を映し出す……。

——俺は優美の死体を警察の霊安室で見た——。

「飛び降りたんだ。マンションの部屋から」

「自殺だったの？」

「警察はそう処理した」

「自殺じゃなかったってこと？」

「いや、自殺であることに間違いはない。でも……」

優美は殺された。ふたりの男に……。

明穂は暫く黙っていたが、急に大きな声を上げた。

「その原因を作ったのが、黒岩健二なのね」

明穂ははっきりと黒岩健二という名前を言った。

「知っているのか？　黒岩健二！」

思わず明穂の肩を掴んでいた。

「知らないわよ。お父さんがさっき言った名前じゃない！」

明穂は俺の剣幕に怯えたように身体を反らせた。俺は明穂の身体から手を離した。

「そうだった……。ごめん」

「ううん……、でもどうして？　お父さんをひとり残して」

「優美は、ああ……、健二って奴にクスリを打たれたんだ。それで身も心もボロボロにされて……」

その後の俺は何も喋れなくなった。いつの間にかマロンが傍に来て俺の手の甲をペロペロと舐めていた。

「愛音、ありがとう」

俺はマロンを抱き上げた。

「あいねって？　奥さんの……」

明穂は不思議そうに俺とマロンを見比べた。

「笑ってくれ。俺はマロンが死んだ女房だと信じているんだ」

明穂から目を逸らした。だから彼女がどんな顔をしているか解らない。怪訝な顔をしていたのかもしれない。同情の顔をしていたのかもしれない。ただ明穂は黙っていた。俺がそう信じている理由を訊いてはこなかった。

マロンと初めて出会った時、マロンは言葉を喋った。俺の大脳皮質の聴覚野でマロンの声は確かに処理され意味を持った。あれは心理的な幻聴、想像力の産物……。そんな凡庸な解釈は今でもできない。

ふと夜空を見上げた。星屑が無駄に綺麗だった。

優美は小さかった頃、プラネタリウムが好きだった。父親は幾つかの星座を覚えたが今では殆ど忘れてしまった。俺は言った。

「もう寝よう」

明穂はランタンを消した。

5

朝、テントから這い出ると車の中で寝ていた明穂は先に起きていた。彼女はストーブに向かって何か料理を作っているようだ。近づくといい匂いがした。自分が日本人であることを思い起こさせる匂い。いつも朝食はパンとコーヒーくらいで簡単に済ませていたから、今朝の明穂は相当頑張ったということだ。彼女は俺と目を合そうとはせずに小さな声で、

「あたし、今までどおり『お父さん』って呼んでもいい？」

「どうして？」

「だって、お父さんの娘さんは優美ちゃん一人で……、優美ちゃんはもう……」

「何だ、そんなことか？」

「ごめんなさい。『お父さん』なんて呼んで……。イヤじゃなかった？」

「優美は『パパ』と呼んでいた」

「そう……。これからも『お父さん』って呼んでもいい？」

「ああ」

その後の明穂は今までと変わらない陽気な明穂に戻った。マロンは丸い目を細めて、キャットフードを味わっている。

二人に見送られて仕事に出掛けた。

泥まみれの作業現場に入った。幸せの代償として俺は自分の身体を痛めつけた。こんな生活がいつまでも続くものではないことは理解していた。明穂は暴力団の金を盗んで逃げている。その現実に俺は目を背けている。俺は大人で明穂を警察に自首させるべき人間なのだ。それなのに俺は再び間違いを犯そうとしている。俺のせいで彼女の人生を狂わせてはいけないのだ。そう思いながらも俺は警察への不信感を消すことができなかった。本当に警察は明穂を守ってくれるのだろうか……。

油と泥と汗の匂いがする現場で、ハンマーを振り下ろす度に俺は自問していた。このまま逃亡を続けるか。明穂に自首するように説得するか……。

その日の夜、肉体と頭が疲労した状態でテントを張っている場所の最寄り駅まで帰って来た。疲労は最もオトナらしい、最も凡庸な判断をもたらした。つまらない判断に価値がないわけではない。駅舎を出た時には俺の迷いは消えていた。

いつもと同じペースで歩いた。ショートメールを打つことなく仮の我が家であるテントの近くまで帰って来た。明穂は外に出ていた。

明穂は俺に気づいて走ってきた。

「お父さん、どうしよう。マロンちゃんがいなくなっちゃった」

明穂はひどく取り乱していた。心配し過ぎだと思った。

「大丈夫。マロンは頭がいい。ちょっと遊び歩いているだけだ。すぐ帰ってくる」

明穂を安心させようとして言ったが、自分を安心させるためでもあった。それでも明穂の心配そうな顔は変わらなかった。

「でも変なのよ。マロンちゃん、いつもだったら暗くなる前には帰ってくるから」

「それも、そうだな」

俺も心配になり、ランタンを手に持って明穂と一緒に周辺を探し回ることにした。

俺たちは歩きながら大声で呼びかけたが、マロンは姿を見せてくれなかった。雑木林の茂みの中に入っていった。道路の側溝もランタンの光をかざして覗き込んだ。しかし駄目だった。一時間余り探した頃だった。道を歩いていると車のエンジン音が聞こえた。ヘッドライトに照らされた。猛スピードで黒い車が迫ってきて、俺の身体のすぐ傍を走り抜けた。俺は危うく撥ねられそうになった。

「バッカヤロー!」

走り去る車に毒づいた。明穂は真っ青な顔になっていた。

「大丈夫。怪我はない」

自分の身体をパンパンと軽く叩いてみせた。胸騒ぎを感じた。荒っぽい運転の黒塗りベンツは俺に暴力団を連想させた。

「一度、戻ろう」

　さっきの車が走り去った道を走った。その先には車を停めてテントを張った場所がある。呼吸が荒くなるにつれて嫌な予感が強くなった。前方にテントが見えた。ステーションワゴンも同じ場所にあったが、ボンネットの上に何かがある。

　褐色の小さなダンボール箱だった。爆弾かもしれない。俺はそのダンボール箱をゆっくり持ち上げた。思っていたよりずっと軽かった。爆弾ではない。これと同じようなことをした記憶が蘇った。あの時は酔っぱらっていたが、正《まさ》しくこのくらいの軽さだった。慎重にダンボール箱に貼られた粘着テープを剥がして中を開けた。

「きゃあぁぁー」

　明穂の悲鳴だった。いつの間にか明穂は俺の横にいた。俺が箱の中を見るのと同時に明穂も同じ物を見たのだ。グツグツと自分の内蔵が煮えたぎる感じがした。畜生、畜生、畜生……。身体じゅうの血管が熱くなった。

　箱の中にはマロンがいた。初めてマロンに出会った時もマロンはダンボール箱に入っていた。そして最期の時も……。

　何か声を掛けてやりたかったが、それもできなかった。綺麗だった栗色の毛並みは見る影もない。血だらけだった。もう二度とマロンが鳴く声を聞けない。マロンが走る姿を見られない。

　丸まっているマロンの背中に折られた紙があった。その紙も血で汚れていた。俺は紙を開いた。手書きの文字が書きなぐられていた。

『ペットなんて、おまえには似合わない』

奴の仕業だ。黒岩通彦。

明穂は言葉にならない喚き声を上げていた。慟哭だった。

狭い箱に押し込められているマロンが可哀想だった。俺は車のドアを開けようとした。ドアはロックされていた。車のキーは明穂に預けていた。

「キーだ」

ぐしゃぐしゃの顔になった明穂からキーをひったくるように受け取って、ドアを開けた。ラゲッジルームからマロンが好きだったタオルを持ってきた。ダンボール箱からマロンを抱き上げタオルの上に寝かせた。それから水を汲んできて、彼女の栗色の毛に付着した血を拭き取っていった。血は既に黒く変色し柔らかい毛にこびり付いているものもあった。慎重に慎重に血の塊を毛から剥がしていく。

ナイフで切り裂かれた腹が露わになった。

「ひどい、ひどい……」

明穂は泣きながら俺の作業を見ていた。優美が死んでから、もう悲しいことなんて起こらない。悲しみの涙なんてすっかり枯れてしまった。そう思っていたのに……。

滲む視界の中で、マロンの傷口の周りを毛で隠した。痛々しさはほんの少しだけ目立たなくなった。その時ようやくおかしなことに気づいた。こんな所業をしたのは黒岩道彦に間違いない。さっきの黒いベンツに乗っていたのだ。だとしたら、何故俺たちを残して去ってしまったんだ？

「金は？」

明穂に訊いた。明穂は手で涙を拭《ぬぐ》って車の中に入り、

「盗られていない」怠《だる》そうに言った。

「そうか」

金が残っていることも解せないことだった。これがヤクザの仕業だったら、こんな嫌がらせをしただけで、奴は何処に行ってしまったんだ？　いや、奴が此処に戻って来ない保証なんかない。

「ここは危険だ」

大急ぎでテントを畳み外に置いていた荷物を二人で車に積み込むと、急いで車に乗り込んだ。

「どこへ？」

助手席で明穂が訊いたが考えるのは後だ。俺はとりあえずアクセルを踏んだ。


行き先は決まったが、あれから二日も経ってからだった。左に見えていた山の斜面が近づいた。夕日に照らされて緑を残している。

ゆっくりブレーキペダルを踏んだ。斜面が黒く塗り潰されるのを待った。俺たちの車に近づく者はいなかった。静かだった。インパネに表示される数字だけが時間は止まっていないことを知らせていた。もう誰にも見られることはないだろう。そう思ってエンジンを掛けた。道幅は徐々に狭くなった。山裾に沿って曲がりくねった砂利道の手前、車で来られるのは此処までだ。再び走り出してから僅か五分。ランタンを灯し、クーラーボックスを開けた。ドライアイスの上で冷たくなった

マロンを両手で抱き上げた。

「寒かったな。許してくれ」

左手でマロンを抱き、右手でスコップを持って、車から離れた。ランタンは明穂が持った。古い石段を俺が先に登っていく。明穂は後ろから俺の足元を照らしてくれた。なだらかな坂を右に曲がったところに墓地があった。

マロンと離れたくなかったが、愛音と優美の近くでマロンを安らかに眠らせてやることが相応しいのだ。墓石の前にマロンを寝かせて、手を合わせた。

「ありがとう。逢いに来てくれて」

俺がそう言った直後、背後で鼻水を啜る音が聞こえた。明穂はずっと自分を責めていた。自分が目を離したのがいけなかったと言い続けた。

俺がマロンを抱きかかえて墓石から離れても、明穂は俺の妻と娘に手を合わせていた。墓石から少し離れた地面にスコップで穴を掘った。明穂がそれを見ていた。マロンを穴に寝かせると、明穂はまた啜り泣いていた。

地面に置いていたランタンを掲げてマロンを照らした。マロンを見ていると、生き返ってくれそうな気がして、土をかける気がしなくなった。俺はどれくらい立ち尽くしていただろうか……。

「ごめんね。ごめんね。あたしが悪いの」

明穂は指を組んで、固く目を閉じていた。

「もう自分を責めるな」

本心じゃなかった。俺は手で土を掴みマロンの上にサラサラとかけた。明穂は俺に倣って土をかけた。

俺は静かに鎮魂歌を歌った。『ティアーズ・イン・ヘヴン』。

エリック・クラプトンが四歳で死んだ息子を悼んで作った曲。

そうだ。俺は未だ天国に行けてはいない。そのことが酷く辛い。

6

マロンを埋葬した翌朝、明穂に言った。

「今日で旅はおしまいだ」

「どういうこと？」

「警察に行くんだ。組の金を盗んだって」

「いやよ、自首なんて……。絶対いや！」

「奴らは俺たちの居場所を知っていた。次は何をするかわからない。マロンが殺されたのは警告なんだ」

「お父さんがあたしを守ってくれる。ねぇ、そうでしょう？」

明穂が組から大金を盗んで逃げていることが、何故か空々しく思える。

「約束はできない」

「警察もよっ」

その言葉に反論はできなかった。

「それに……お父さんのことが心配。お父さん、ひどく恨まれている。黒岩っていうヤクザに。ねぇ、それは優美ちゃんに関することなんでしょう。あたしに話してくれない？」

心配だって？　信じられなかった。その時の俺は素直になれなかった。

結局、明穂に自首はさせられず、車の旅は続けられた。

明穂は陽気に振る舞っていたが、マロンがいた時とは明らかに変わった。明穂の態度が時々よそよそしく感じた。


再び土方仕事に出るようになった。

三日目のことだった。駅を降りて帰る途中にケータイが鳴った。明穂からだと思って画面を見ると非通知となっている。通話ボタンを押してケータイを耳に当てた。音は聞こえなかったが不思議と相手の気配を感じた。

「もしもし」俺は呼びかけた。

『灰籐さん。いつまで逃げる気だい？』

「誰だ……？　おまえ、黒岩か？」

『ざんねん。女から聞いてんじゃないか？』

女だって？　思い当たるのは明穂だけだ。

「おまえ……、坂口か？」

『覚えていてくれて光栄だ』

「どうして、この番号を？」

『さぁ、どうしてかなぁ。へっ、へっ』

「あっ、明穂は大丈夫か？」

『バカだな、アンタ。あの女に騙されていることも知らずに』

「いい加減なことを言うな」

声を荒げたが、自分自身の頭の片隅に何時からか疑惑が芽生えていたことを意識せずにはいられなかった。

『へっ、嘘だと思うのは勝手だけどなぁ。くそっ、黒岩の奴、俺をコケにしやがって……。もう、あんな奴の言いなりになるのはまっぴらだ』

「何を言ってるんだ？」

坂口はすぐには答えなかった。俺が電話を切ろうとした時、

『いいこと教えてやるぜ。アンタの留守にあの女がどこに行くか確かめてみなよ……。アンタのボディブロウ、効いたぜ』

電話の声はそれだけで、ブチッと切れた。

風を切って走った。歩いてなんかいられなかった。俺を出迎える明穂はいつもと変わらなかった。

「今日、何もなかったか？」

俺の剣幕に明穂は驚いていた。

「何もなかったって？」

「ヤクザに見つからなかったかと思って」

「大丈夫。でもどうして？　あっ、もしかして、お父さんのところに？」

「いや、そうじゃない。厭な予感がしただけだ」

それから普段どおり星を見ながら夕飯を食べて、俺はテントに潜りこんだ。坂口の言葉が頭から離れず中々眠りにつけなかった。


翌日、バックパックに着替えを詰めてテントを出た。

「いってらっしゃい。帰る時、メールしてね」

明穂はいつもどおり手を振って俺を見送った。俺のバックパックに仕事着は入っていない。それでも駅に向かう道を歩きながら俺は決めかねていた。コンビニの前に来た時も迷っていた。とりあえず適当な物があるかを確認しよう。そう思って店内に入った。あまり派手でないサングラスがあった。それを買ったことで、迷いは吹っ切れた。

駅に着くと、公衆便所に入ってバックパックからジャケットに着替えた。これは明穂の前では着ていない服。六年前のことが脳裏に甦る。サングラスも服もあの時とは違うが、俺はあの時と同じことをしようとしている。どのような結果になろうとも確かめないわけにはいかないのだ。

着替えを済ませた俺はバックパックをコインロッカーに預けて、今来たばかりの道を引き返した。

自分のテントが見える場所に来た。木陰に隠れて様子を伺った。

明穂はレジャーシートに寝そべっている。スマホを触っているように見える。

俺が仕事に出て一人の時は、彼女はツイッターやブログやユーチューブを見て過ごしていると言っていた。スマホばかり見ていてよく退屈しないものだと俺は感心していたが、彼女が誰かと連絡を取り合っていたとしても俺には解らない。考えてみると俺は彼女の行動について何一つ知っていないのだ。

探偵のように見張りを続けていると、明穂はテントの中の荷物を全て出してきて車の中に積み込んだ。彼女は免許を持っていないと言っていた。それが本当なら、車で何処かへ行くことは出来ないはずだ。暫くすると彼女は小さなバッグだけを持って車から出てきた。ドアをロックして歩き出す。外のテントの中に荷物を置きっぱなしにしていたら盗まれるかもしれない。そう思って車の中に入れたようだ。

明穂が俺に気づいたようには見えなかったが、こっちに近づいて来る。俺は木の陰に隠れた。彼女は通り過ぎた。彼女を見失わないように注意しながら距離を保つことにする。

明穂が駅に向かっていることはすぐに解った。駅の周辺だけは辛うじて人の往来があり、尾行がばれる心配は殆どなくなった。明穂は自動券売機で切符を買っていたが、何処まで買ったのかは解らなかった。とりあえず千円分の切符を買った。足りなければ下車駅で乗り越し精算すればいい。

彼女は二つの改札口の右側を通った。少し間を置いてから俺は左側を通った。

通勤ラッシュの時間帯を過ぎて乗客は疎らだったから、同じ車両に乗るのは危険である。隣の車両から明穂の様子を伺った。列車に五十分ほど揺られてから明穂は下車した。そこも決して都会ではなかったが、俺たちがキャンプを張っている最寄り駅の周辺よりは賑やかな街のようだ。

明穂はスマホを見ながら歩いている。土地勘がある場所ではなさそうだ。駅前がメイン通りと思われるが、シャッターが閉まった店が多くお世辞にも繁華街とは呼べそうにない。その通りの途中を明穂は右に折れた。

スマホを手にしたまま明穂はくねくねと歩いた。まるで時間が錆びついたような辺鄙《へんぴ》な場所に来た。身体を隠す場所がない。明穂とは距離を置いていたが、ちょっとでも振り向かれれば、すぐに尾行がばれてしまうと思った。その時は坂口からの電話の話をすればいい。そう割り切って考えることにした。明穂が振り向くことはなかったので、尾行は続けられた。やがて建物が見えた。住宅ではなく何かの店のようだった。明穂はその建物の中に入った。

明穂に少し遅れてその場所に近づいた。スナックらしき看板が見えた。古びた木製ドアには下手な字で準備中と書かれた札が掛かっている。今は昼前だから当然だ。こんな辺鄙な場所にポツンと一軒。とても商売になるとは思えなかった。明穂はこの店に何の用があって来たのだろうか……。

ドアに耳を近づけた。薄そうなドアだったので中の音が漏れてくるかもしれないと思ったが、何も聞こえなかった。ドアノブを掴むと鍵が掛かっていないことが解った。ゆっくりとドアを動かして隙間を作り、そこから中を覗いた。

入口の近くに人の気配はなかった。隙間を更に広げた。少し離れた場所に臙脂《えんじ》色のソファの背面が見えた。俺は身体がすり抜けられるギリギリの隙間からすっと店内に入った。ラウンジには誰もいなかったが人の話し声が聞こえた。

ラウンジの奥にドアはついていないが人が通れるアーチ状の開口があった。多分バックヤードに繋がっているのだろう。俺はそこに近づいた。

「もういやっ、こんなこと。猫ちゃんまで殺す必要なんてなかったでしょう」

明穂の声だった。

「なにぃ偉そうに……。おまえがモタモタして奴の秘密を聞き出さないからだろ、バカヤロー！」

「竜也さん、あなたが言うような悪い人じゃないわ」

「ふん、あのオッサンに情が移っちまったか」

そんな会話を俺は全て塗り潰したかった。

パーンと音がした。男が明穂を平手打ちしたのだ。

「いたーい」

明穂の悲鳴に男は声を上げて笑った。その声はやまなかった。次第に大きくなり、まるで狂った男の絶叫のように響いた。

「イッヒッヒッ、イッヒッヒッ」

背筋が寒くなった。明穂が暴力を受けていることは間違いない。

「やめろー」

開口から中に飛び込んだ。男が明穂を羽交い絞めにしていた。明穂が両手両脚をばたつかせている。男は首だけを回した。黒岩道彦だった。

「おっ、お父さん、どっ、どうして！」

明穂の頬は赤く腫れていた。

「おやおや、ボディガードに雇ったんじゃなかったかな？」

俺は言った。シナリオにキザな台詞が書いてあったからだ。しかし俺の台詞はそこまでしか書かれていなかった。バリバリという音と共に首の後ろから激痛が身体の中を駆け巡った。身体に全く力が入らない。俺はへなへなと床に座り込んだ。頭上で再びバリバリと音がした。スタンガンの放電であることは解っていた。

「アニキ、やったぜ」

汚い歯を見せて小躍りする坂口がいた。昨夜の電話は俺を此処におびき寄せる罠だった。黒岩はニヤリと笑った。

「そいつの手を後ろにして縛るんだ」

坂口は素早くその命令に従った。明穂は呆然としていた。黒岩が明穂に言った。

「おまえだけが解ってないようだな。灰藤さん、コイツに教えてやってくれないか」

憤然たる思いだった。こんな罠に易々と引っ掛かった自分自身への怒りが大きすぎて、明穂に対する怒りを忘れていた。俺は黙っていたが、黒岩が言った。

「アキ、おまえがこのオヤジを連れてきたんだ」

「そっ、そういうことなの……。急にこんな場所に来いなんて、おかしいなと思ったんだけど……、まさか」

明穂は黒岩を睨んでから俺の方に顔を向けた。

「ごめんなさい。ごめんなさい」

明穂は泣きながら謝った。これも下手な芝居なんじゃないか？　B級喜劇を見ているような気分だった。明穂は俺が会社を辞めたことや郷原会のヤクザに追われている理由を知りたがった。親しげだった明穂の行動は全て計算されたものだった。それなのに俺は明穂に気を許し、少しずつだったが自分の過去を話していた。黒岩が俺を憎んでいるのは優美の自殺に関係しているのではないか？　そんなことを明穂は訊いてきた。あれは俺のことを心配して訊いていたんじゃない。俺の秘密を調べて黒岩に報告するためだったのだ。

首筋を襲った痛みは鈍くなっていたが身体に力が入らなかった。明穂も黒岩に殴られたせいか、厨房の壁面に背中を預けて、ぐったりしている。

黒岩が俺に近づいて、俺を見下ろす。何かを後ろ手に隠している。奴は腕をぐいっと俺の方に向けた。奴の手にある黒い物の正体が解った。

ジョン・レノンは狂信的なファンに銃で撃たれた。俺も同じ運命なのか？

「ハッタリやないぞーっ。さあ吐けっ。健二を殺したんだろ！」

「ちがう！」

「ひとり娘を自殺に追い込んだ健二が許せなかった。そうなんだろ」

「ちがう！」

「じゃあ、健二は生きているって言うのか？」

「知らない」

「おまえーっ、いい加減なことを言うなーっ！」

黒岩は銃を持っていた右手をだらりと下ろし、じりじりと醜い顔を俺に近づけた。それからゆっくりと右手を上げて銃口を俺の頭に向けた。奴の目はギラギラと光っている。不思議と怖くなかった。俺はその目を見返した。俺に残された唯一の抵抗は言葉しかない。

「銃声が響いたら、騒ぎになるぞ」

「ボケッ、ここに来る時、周りを見なかったのかよ」

やけに辺鄙《へんぴ》なところにあるスナックだと思ったが、銃声が聞かれない場所が選ばれていたのだ。それでもここで怯むわけにはいかない。

「おまえには俺を殺せない。そうじゃないか。これまでも幾らだって俺を殺《や》る機会はあったはずだ」

「ふん、馬鹿なこと言うな」

その声に迫力は無かった。奴は『健二は生きているって言うのか？』と訊いた。まだ死体は上っていないのだ。俺はシラを切り通すことに決めた。

「本当に……、知らないんだ」

「ふざけんな！」

黒岩は大声で叫んだが。ふっと息を吐き出してから、声を少し落した。

「健二が遊んでいたらしい女は何人かいた。アイツは俺と違ってイケメンだったからなぁ。もう五年も前だ。急に健二と連絡がつかなくなった。俺は健二を探したが、どうしても見つからなかった。

でもなぁ、健二が行方不明になる少し前だ。あいつが遊んでいたらしい女の一人が自殺をしていたことが解った。灰藤優美という女子高生だった」

黒岩は俺を試すかのようにそんな話をした。俺はもう十分に理解していた。黒岩は優美の父親が突然会社を辞めて行方不明になっていることを怪しいと睨んだ。だから俺を探していた。でも俺が健二を殺したという証拠を掴むことが出来なかった。それで搦《から》め手の作戦に変えたのだ。

「おまえ、アキに言っただろう。『優美は健二にクスリを打たれた。身も心もボロボロにされた』って。だから、おまえが健二に復讐したんだ」

口の中に苦いものが込み上げた。不快だった。明穂との今までの生活がずっと黒岩に覗かれていたように感じた。

「ちがう。それは誤解だ。たのむ聞いてくれ。確かに健二って男を恨んだ。それは本当だ。でも殺したりはしていない。俺は平凡なサラリーマンだった。復讐なんて出来るわけがないだろう」

「じゃあ、健二はどこにいるんだ！」

「知らないんだ」

奴は悔しそうな顔になっている。俺の言葉を信じるか、迷っているように見えた。

「くそっ」

奴は明らかに苛立っていた。拳銃を持っている手を上下に揺らして歩きながら、何かブツブツ言っている。

「健二はモデルにもなれたんだ。今どきのちんけなタレントよりずっとイケメンだったからな。それなのにヤクザの俺のせいで、アイツもまっとうには生きられなかったんだ。ダメなアニキだ。俺は……。健二、健二」

何を言い出すのかと思ったら、兄弟愛か？　勝手だ。勝手すぎる。反吐《へど》が出そうだった。

「そんなこと、俺には関係ない」

「なんだとーっ」

黒岩は目を剥いた。俺は怒鳴ったことを後悔した。

奴は拳銃を再び俺に向けた。俺は拳銃の銃口を睨んだ。

「はっ」黒岩は大きく息を吐いた。

「こうなったら力尽くで口を割らせてやる」

黒岩は拳銃を厨房の作業台の上に無造作に置くと、両手の拳を握りしめてボクサーのように構えた。最初は顔面に強烈なパンチを受けた。頬骨と皮膚の間に異物が侵入してきたような痛みが走った。自分の骨がこれが骨だぞ、と自分の皮膚に主張している。次はボディブロウ。内蔵がえぐられるようだった。

「イッヒッヒッ、イッヒッ、ヒィーッ」

この男の声は不思議だ。地獄の底から出るような低い声を出すかと思えば鼓膜を刺すような甲高い声も出す。男の狂った笑い声を聞き、俺は知った。この男の本性はサディストなのだ。身体中のあちこちで痛みが生れた。その痛みに呻いていると、すぐに新しい痛みが襲ってきた。

「やめて、やめて」

明穂が黒岩の背中を叩いているようだ。黒岩は身体を捻った。軽い明穂の身体は投げ飛ばされた。壁に身体を打ちつけたらしく明穂はぐったりして動かなくなった。頭を打って意識を失ったのかもしれない。黒岩はそれを見届けると再び俺を殴った。坂口は黙って見ているだけだった。

「イッヒッ、イッヒッ、イッヒッ」

新しい痛みと古い痛みの区別がつかなくなってきた。瞼がピクピク痙攣し目の前がぼんやりと暗くなっていく。不気味な笑い声だけがくっきりと耳に響いていた。このまま殴り殺されるかもしれない。それでもいいか……。俺は半分諦めかけていた。優美が死んでから、俺は自分の死がちっとも怖くない。

突然、耳をつんざく破裂音が響いた。銃声だった。

俺を殴っていた黒岩の動きが止まった。

「アニキィ、アニキィーッ」

坂口が上ずった声を上げて黒岩の傍に跪く。俺はよろけながら彼らから身体を離した。黒岩の脇腹には赤い血が滲んでいた。明穂は拳銃を持って呆然とした表情で突っ立っている。黒岩の身体が動いた。呻き声が聞こえた。黒岩は死んではいなかった。明穂は拳銃を坂口に向けたまま、俺の傍に近づいた。

「逃げよう」

明穂は俺の腋の下に手を入れて。俺を立ち上がらせた。それからは後ろを振り返ることなく死に物狂いで走るだけだった。両手を後ろに縛られているから走り難かった。傷だらけの身体を滅茶苦茶に動かしていると、ランナーズハイの気分になった。

何処へ走っていってもいいんだ。

手に入れられるんなら、何だっていいんだ。

命を掛けるものは何だっていいんだ！

ジョン・レノンの『真夜中に突っ走れ』が頭の中で鳴っていた。

過去　五年前（自殺）

1

家出をした優美だったが、あの事があってからは私を頼ってくれた。私は嬉しかった。優美のためだったら何でもする覚悟を決めていた。

私の許に戻った優美は麻薬による禁断症状に苦しんだ。父親にとって娘が苦しむ姿を見るのは辛かった。もし手元に麻薬があったら、或いは私が麻薬を入手できる立場だったら、そう考えるとぞっとする。苦しい時間を私たちは耐え、私の娘は麻薬に打ち勝った。

優美の身体から麻薬は抜けた。常習になっていなかったことが良かった。若い優美は再び健康な身体を取り戻した。しかし、彼女の心の傷が癒えることはなかった。

私は会社を休んで優美と旅行をすることを独断で決めた。

「パパ、仕事はいいの？」

私は優美のことで頻繁に有給休暇を取っていた。彼女は私の仕事を気遣うようなことを言ったが、本当は優美自身が旅行なんて行きたくはなかったのだろう。私は会社での評価を急速に下げていったが、そんなことはどうでもよかった。私がこれまでどれほど会社に貢献してきたか、私には自負があった。しかし会社組織は過去の成果は軽視した。だから私も会社の仕事を軽視するのだ。私はそんな考えでいた。

優美は私の提案を強く拒絶することはなかった。父親に対する優しさからだろうことは想像に容易い。あの日以降、自分の車に乗る気がしなくなっていたので、レンタカーを借りた。

いつ以来の父娘旅行だろうか……。優美がこの旅行を楽しむ心算《つもり》がないことは、車に乗り込んだ時ですら行き先を訊いてこなかったことからも伺える。それならそれでいい。私も行き先を告げなかった。

車内での会話はなかなか弾まなかったから、カーラジオの助けを借りた。ＤＪのお喋りは殆ど意味を持っていなかった。走り始めて一時間も経ってから優美が訊いてきた。

「どこに行くの？」

「さぁ、どこに着くかはお楽しみだ」

それから、私はラジオを切った。ビートルズの『マジカル・ミステリー・ツアー』を戯《おど》けて歌った。優美の顔は微妙な苦笑いのように見えたが、私は道化師に徹することに決めていた。

舞鶴若狭自動車道の春日ＪＣＴから、北近畿豊岡自動車道に入ると、それまで黙ってスマホを触っていた優美が急に声を上げた。

「わかった。竹田城でしょう」

「大正解」

「パパ、出掛ける前にあたしの防寒靴を入れていたから、あれは登山も出来るやつだし……、そうか、天空の城かぁ」

「日本のマチュピチュ。以前、パパの会社の人から、とても良かったって聞いていたから、いつか行きたいって思っていたんだ」

「でも、あの幻想的な風景はいつでも見られるんじゃないみたい」優美はスマホを見ている。

「今日は旅館に泊まって明日の朝、早起きして見に行こう。ちょっとした山登りをする。頑張るんだぞ」

「大丈夫かなぁ」

その声は乗り気がしていなかったが、断るのはパパに悪いと思っているようだった。

「へぇ、雲海って、真冬じゃなくって、晩秋が一番出やすいんだって。今は十一月だから季節はちょうどいいみたいだけど、えーっと、湿度が高く十分な放射冷却があること。よく晴れていること。朝方と日中の気温の差が大きいこと。風が弱いこと……。ふうん、こんなに条件が揃わないと見られないのかぁ」

スマホからの情報で優美も興味を持ったようだ。

「明日見られなかったら、見られるまで滞在すればいい」

「そんなに休んで大丈夫？」

「大丈夫」それははっきりしている。

その日は竹田城址を見学してから麓の旅館に入った。旅館の部屋で夕食を摂った。浴衣姿の成長した娘を見ると、赤ちゃんだった頃を思い出した。彼女が母親の身長を追い越したのはいつだったのだろう。


翌朝、私はアラーム音に起こされる前に目覚めた。スマホの表示を見ると、目覚ましのセットをした時刻の十分前だった。隣を見ると、優美は布団の中に頭を埋めていた。私は布団から出ずに、優美と二人で旅行をしている現実を噛みしめていた。やがて枕元でプルプルプルと無骨な音がした。私はアラーム音を消した。若い優美はこれくらいの音では目を覚まさない。

「優美、起きられるか？」

私は優美の耳元で言った。優美は「うーん」と唸ってから目を開けて、もぞもぞと布団から出てきた。旅館で簡単な食事をして、朝早く出発した。竹田城址があるのは虎臥山《とらふすやま》という山なのだが、雲海に浮かぶ城跡の景色を見学するのに最適な場所は向かいに位置する朝来山《あさごやま》である。私たちは車で朝来山の中腹にある立雲峡《りつうんきょう》の駐車場まで行くことにしていた。しかし近くまで行くと、日の出前だというのに、そこは既に満車の案内が出ていた。

「パパ、頑張って歩こう」

今度は私の方が優美に励まされる番だった。私たちは車が停められる駐車場で降りて歩くことにした。山道には立雲峡が桜の名所であることを示す案内看板が立っていた。竹田城のことを書いた看板は全く無かった。そのことは不思議だったが優美が教えてくれた。

「天空の城って、マスコミに騒がれ出したのは最近になってからだから」

私は納得した。太陽は澄みきった空気を明るく照らし始めていたが、夜中に冷え込んだ気温を上げる力はなかった。私は優美と同じようなダウンジャケットを着ていたが、それでもかなり寒かった。

「しんどいなぁ」

そんな弱音を私が吐くと、優美は人差し指を前方に向けて小さく振った。前を見るようにという合図だった。小学校の低学年と思われる子どもを連れた家族連れらしい三人が歩いているのが見えた。私たちは小さな子どもには負けられない、とお互いを鼓舞し合って登っていった。

何度目かの曲がりくねった道を抜けると真っ直ぐに延びた上り坂になった。近づくと沢山の人が集まっていた。立雲峡の駐車場だった。二列だけの小さなスペース。すぐに満車になるのは当然だと思った。イラストが描かれた案内板があり駐車場の奥が狭い登山口になっていた。私たちは少し休憩をしてから山登りを再開した。

その頃には既に見学を終えて上から降りて来る人もいた。彼らの口から興奮気味に「凄かった」という感想も聞こえてきた。それは私たちの期待を助長することに一役買っていたと思う。山登りをする優美の横顔は活き活きした表情に見えた。

行き交う人々から展望台は三か所あることを聞いていた。最初の第三展望台は登り始めてすぐに着いた。私たちが車を停めた駐車場から登山口までが余りにも大変だっただけに、あっけないくらいだった。三脚に固定された一眼レフで写真を撮っている人が何人もいた。その方向を眺めると、白い霧の帯が目の前に広がっていた。実際にこの景色を見る前は飛行機の窓から見る雲のようなイメージを持っていた私だったが、それはいい意味で裏切られた。

雲海という表現は相応しくない。雲よりも遥かに速く動いて、刻々と姿を変えるのだ。石垣部分だけの古城跡をほんの一瞬だけ見せると、すぐに隠してしまう。それはまるで意志をもった巨大生命が、ちっぽけな人間に何かのメッセージを伝えようとしているかのようにすら思えた。優美は本当に喜んでいるだろうか。私は確かめたかった。

「雲海が見られて良かったなぁ」

「うん。でも、上に登ったらもっとよく見えると思うよ」

第三展望台は竹田城址のある場所より低い位置にある。優美の言うとおりだろう。私はこの場所で少し休みたかったが、優美は霧が晴れてしまうことを心配して先を急いだ。私は優美の背中を見ながら登った。時々虎臥山の方を見ると、木々の葉の間から雲海が見えた。それは十分に幻想的な眺めだったが、プロローグに過ぎなかった。

第二展望台の景観は此処に登って来るまでに見たどんな景色よりも圧巻だった。百八十度の視界いっぱいに真っ青な空と白い雲海が水平に広がっていた。その景色を眺めていると、雲海が下に沈み次第に要塞のような古城の石垣が姿を現した。

「すごいな」

「うん、すごい」

それ以外の言葉は要らなかった。私の横で優美もじっと動かずに目を凝らしていた。重機の無い時代、大昔の人間が作った建造物と大自然との時空を超えたコラボレーションを目に焼き付けようとしているように見えた。

私たちが立っている場所の近くに石段があり、その石段の上に鳥居が見えた。愛宕神社と書かれている。山の中の無人の神社のようだ。日本は何処に行っても鳥居を見ることができる国だと思った。

「ここで少し休もうか？」私は東屋《あずまや》を指差した。

「あたし、第一展望台まで行く。パパは休んでいてもいいよ」

優美は元気よく言うと大股で登っていった。私は優美の逞しさに目を細めた。数分休んでから、私も登っていった。山頂の第一展望台まではかなりの距離があった。

山頂に登り切って優美と再会した時、それまでの疲れは達成感に変わった。私には山登りの趣味は無かったが、山登りをする人の気持ちが改めて解ったように思った。人懐っこい初老の登山者が私たち父娘に話しかけてきた。私が初めて来たことを言うと、その人は何度も来ているが、綺麗な雲海が見られる幸運に恵まれることは少なく、特に今日の景色は今までで最高であることを教えてくれた。

「優美も、パパも、ついていたんだ」

ポジティヴな気持ちはポジティヴな結果をもたらすのだ。優美は以前の元気を完全に取り戻した。

もう何も心配は要らない。少なくともその時の私はそう信じて疑わなかった。

2

その日も私は残業をせずに定時で会社を出た。私は寄り道はしないし電車の発着時刻は正確なので、駅で電車を待つ時間は毎回十秒の誤差も無かったかもしれない。乗車時間は二十四分。自宅の最寄り駅から歩いて帰る途中で緊急車両のサイレン音が聞こえた。音はドップラー効果でヒステリックに高くなり急に低い音に変わり小さくなる。それが短い間隔で繰り返される。警察のパトカーやワンボックス車の列が私を追い越して行った。いつだってサイレンの音は神経に障るが、警察のサイレンは疾《やま》しいことがある人間には特別な音に聞こえる。そうだ。私には隠すべき秘密があるのだ。

警察車両が視界から見えなくなると、そんな冷めた思いは霧散し、言いようもない恐怖におののいた。優美の身に何かが起きたのではないか？　優美、優美！　私は彼女のことで頭がいっぱいになり、駆け出していた。

自宅マンションには遠くからでも野次馬が集まっていることが解った。制服警官が一定間隔で直立して野次馬の侵入を塞いでいる。立入禁止を示す黄色と黒のテープが張られているその先には、ブルーシートで覆われた一画があった。狼狽していた私は一人の警官に掴みかかるような恰好になっていた。

「何が……、何があったんですか？」

「誰ですか、あなたは？」その警官は不審者を見る目で私を制した。

「私はここの住人だ」

「もしかして、灰藤さんですか？」

突然、横からスーツ姿の男が割り込んできた。

「そっ、そうですが……」

スーツの男は胸から手帳らしき物を出して私に見せた。金色のエムブレムが威圧的だった。その下には顔写真があった。名前は読む気もしなかった。

「恐れ入りますが、あっちでお話を伺わせて下さい」

刑事が手で示した方向には灰色のセダンが停まっていた。

「どうして……、どうして？」

無様にも泣きそうな声になっていた。刑事はそれを無視するように事務的に私を覆面パトカーに案内した。私は後部座席に座らされた。刑事は私の隣に座ってから、神妙な顔を向けてきた。

「念の為に、身分を証明するものを見せて頂きたいのですが」

私は鞄を開けて運転免許証を提示した。刑事はそれをチラリと見るだけで、記載内容の控えを取ることもなく、私に返した。私を疑っているわけではなく、あくまでも事務的な手続きのようだ。

刑事は私が運転免許証を鞄にしまうのを見届けてから言った。

「お悔やみ申し上げます。お嬢さんは亡くなられました」

既に車に乗せられた時から、刑事が醸し出す雰囲気からその言葉は予想していたが、実際に突きつけられると、目の前が真っ暗になって奈落の底に突き落とされたような気がした。

　私は化け物の唸り声を聞いた。それは自分の喉が発する音だった。どれくらい経ってからだろうか、私はやっとのことで自分の声を押さえつけた。

「お気持ち、お察しします。恐縮ですが、お嬢さんのことについて、お話を伺わせて下さい」

「優美は、優美は？　優美に会わせて下さい」

「申し訳ありません。今は無理です。ご遺体は、この後、署の方に搬送しますので」

「司法解剖されるんですか？」

「はい。ですが、今のところ、事件性は認められませんので、司法解剖ではなく行政解剖になろうかと……お嬢さんの自殺の動機について、何か心当たりはありませんか？」

　その言葉から、私への事情聴取が始まった。私は優美が不良の友だちと付き合うようになってから、不登校になったことを話した。

「でも、一週間前、父娘二人で旅行したんです。それから立ち直ってくれたと……、そう思っていたんですが」

　私の言葉に刑事は頷いた。

「そのようですね。お嬢さんの遺書に書かれていました。竹田城はよかったと」

「ああ……」

　あの時の優美の笑顔を思い出した。何故なんだ！　無性に悔しかった。

「遺書があったんですね。見せて下さい」

「今、鑑識班が調べていますので、後でお渡しします」

「遺書が偽造かもしれないと？」

「いいえ、念のためです」

刑事がそう言っている時、外から車の窓を指先で叩く人がいた。青い制服を着ている。刑事はパワーウィンドウのスイッチを操作し窓を下げた。

「主任、部屋の鑑識が終わりました」

刑事は頷いてから、私に向きなおった。

「ありがとうございました。お引き取り頂いて構いません」

「マンションの私の部屋も調べられたんですか？」

「念のためです」

刑事が先に車を降りた。私も車を降りた。

「優美はいつ返してもらえるんでしょうか？」

「明日には大丈夫だと思います。警察から連絡を致します」刑事は私に頭を下げた。

私は野次馬の目に晒されながらマンションに入った。いつもと同じエレベーターに乗り、いつもと同じ通路を歩いたが、自分の玄関ドアの前はいつもとは違っていた。制服警官が手を後ろにして立っていた。彼は私に一礼をしてから持ち場を離れた。ドアに鍵は掛かっていなかった。私は中に入り乱暴にドアの鍵を掛けた。

ダイニングキッチンまで歩いて、そこで今まで堪えていた嗚咽を爆発させた。拳を握りしめダイニングテーブルに怒りをぶつけ続けた。拳に血が滲んできた。

手の痛みに気づき何とか落ち着きを取り戻した。急に優美の遺書に何が書かれているのかが気になった。直接的な言葉であの事について書いているとは思えないが何らかの示唆になるようなことを書いていないとは言えないのではないか……。いや、優美にそんな意識がなくても、日本の警察は意外に優秀なのかもしれない……。

そんなことを考えていると急に笑いたくなった。優美は死んでしまったのだ。今さら何を守ろうというのだ。私は自分の罪を隠すことだけを考えているのか？　自分の保身など、もうどうでもいいではないか。私は発狂したように馬鹿笑いを続けた。

自分の人生の中で私自身、自分を弱い人間だと思ったことはなかった。愛音が死んだ時もそうだった。しかしこの時の私は自分を含めて全てから逃げ出したかった。記憶喪失になりたかった。全く別の人間に生まれ変わりたかった。

ふらふらと歩いてベランダの前に来た。掃出し窓のクレセント錠はロックが掛かっていた。優美はベランダから落ちたことを聞いていたから、このロックをしたのは警察の人間だ。私はロックを外しベランダに足を踏み入れた。手摺りの表面に微かだが白い粉があった。指紋採取用粉末の拭き残しだ。

手摺りに手をついて下を覗き込んだ。ブルーシートで囲まれた一画の上方は開口していた。地面に白い線でヒトガタが作られていた。そのヒトガタをじっと見ていると優美が落ちていく姿が重なった。

目を瞑った。再び目を開けた時、白い線のヒトガタは同じ形のままだった。私は優美の姿がないことを確認してから、ふらふらとベランダから室内に戻った。

私は普段からあまり酒を飲む方ではなかったが、冷蔵庫に缶ビールを一本だけ入れていた。それを飲み干すと禁断症状に襲われるように猛烈に酒が飲みたくなった。貰い物のスコッチウイスキーがあったことを思い出し、それを浴びるように飲んだ。いつの間にか意識が無くなっていた。

翌朝はひどい頭痛に苦しんだ。職場に電話を掛けた。

「今日は体調が悪くて年休をもらいます。本部長に伝えておいて下さい」

庶務担当にそれだけを言った。娘の死のことは一言も話したくなかった。すぐにニュースで報道される。

庶務担当は「おだいじに」と言ってくれたが、「おだいじにしたくないんだ」と反発したい気持ちだった。

ベッドに潜り込んで、時間が過ぎていくのを無駄に待った。

インターコムが鳴った。私は出なかった。暫くしてインターコムはまた鳴った。それでも私は出なかった。インターコムは静かになった。その後今度は自分のスマホが鳴った。着信相手を見ると『幸恵さん』の表示だった。義姉には優美が小さかった頃はさんざん世話になったが、優美が中学生になってからは殆ど会っていなかった。

私は通話ボタンを押した。

『もしもし、竜也さん？』

「はい」

『あたし、テレビのニュースで見て……。竜也さん、大丈夫？』

「はい」

『竜也さん、今、どこ？』

「家にいます」

『そう。良かった。いま竜也さんのマンションに来ているの、会いたいの。部屋に行ってもいい？』

「今開けます」

エントランスドアのオートロックを来客用の解除にした。部屋からは出なかった。義姉はひとりで十四階まで上がって来た。玄関ドアのチャイムが鳴った。私はパジャマにガウンを羽織った格好でドアを開けた。

義姉は私を心配して来てくれた。それなのに私は礼を言うこともできなかった。彼女が来てくれたことで、気を張らなくてはならなかったが、それはそれで良かった。ベッドの上で悶々と苦しみ悶える責苦から解放されたのだから。

午前十一時の少し前に私のスマホが鳴った。警察からだった。事件性がないとの最終確認が終わったので、死体を引き渡したいという内容だった。電話の相手は名前と階級を告げたが、それらを記憶に留める気はなかった。私がすぐに警察に行くと言うと、電話の相手は、解剖が終わったままの遺体を個人で引き取ることは困難であること。通常は葬儀社を介しての引き渡しになることを事務的に言ってきた。

電話を終えた私は、警察に言われた葬儀社に電話を掛けた。その葬儀社は既に状況を理解していた。電話で午後三時に警察署で落ち合うことになった。

車で来ていた義姉の車で警察署に行った。義姉は私に運転させたくないようだった。

遺体安置所は警察署の地下にあった。

義姉と一緒に優美に再会した。そこはテレビドラマで見たことがある景色だった。祭壇には線香が焚かれていた。優美は白装束を着ていた。ストレートの黒い髪の毛は綺麗に梳かれていた。死因は脳挫傷と聞いていたが優美の頭に傷があるようには見えなかった。

優美は死んでいない、眠っている。そう思った。いや、思いたかった。

「優美、優美！」

自分の感情が抑えられない。娘の身体に縋りついていた。優美の目が開くことはなかった。優美の唇が動くこともなかった……。

優美は死んでいた。優美の引き渡しに時間が掛かった理由を理解した。顔を綺麗にして白装束を着せたのは葬儀社の人によるものだ。

警察官から二つの遺品が渡された。それらは何の変哲もないポリ袋に入れられていた。そのことが悔しかった。一つは大きなポリ袋であり、優美が飛び降りた時に着ていた着衣が入っていた。もう一つは小さなポリ袋であり、ダイニングのテーブルに置かれていたという優美の遺書だった。

白木の棺桶に入れられた優美は葬儀社のワゴン車に乗せられた。義姉が運転する車の後ろをそのワゴン車が走った。通夜は優美の家、私と優美の生活があったマンションで行うことにした。義姉は僧侶の読経が終わった後もマンションに残って見送りたいと言ったが、私は丁重に断った。最後の時間、父娘だけで過ごしたかった。義姉はかなり迷っていた。私が自殺でもするのではないか？そう心配していたのかもしれない。しかし最終的に私の好きにさせてくれた。

ひとりになって、優美の遺書を開いた。

『パパ、愛しています。
パパ、ごめんなさい。
パパ、ありがとう。
竹田城に連れて行ってくれて、
本当に嬉しかった。
パパ、優美はママに会いに行きます。
だから、パパ、泣かないで。』

私は優美を強引に旅行に連れ出した。優美は旅行を楽しんだ。私は自分の挑戦が成功したと考えていた。しかしそれはとんでもない思い違いだった。

あの旅行以降、優美は私の前では朗らかに振る舞っていた。それでも決定的な一つの事実は優美の頭から消えなかったのだ。

私は間違いを犯した。もう取り返しがつかない。これから何をしても。何をしても……。そのことは解っていた。

第四章　死体

1

　ジャケットを明穂に引っ張られ息を切らしながら走った。時代に取り残された街では流しのタクシーが走ることはない。俺は後ろを振り向いた。

「もう、追っては来ない」

　ぜいぜい喘ぎながら言った。半分は希望的観測だった。明穂もスローダウンした。彼女は俺の後ろに回って、俺の手を縛っていた縄を苦労してほどいた。やっと楽になった。歩きながら駅周辺の比較的賑やかな場所に出た頃、遠くで救急車のサイレンの音を聞いた。

「死んだかな？」

　明穂が独り言のように言った。

「安心しろ。殺人者になんかならないさ。素人が一発で人間の急所を撃つなんて芸当は容易いことじゃない」

「なに言ってるの！　逆よ、逆。もし、あいつが死ななかったら、あたしたち、安心できないじゃない」

　それは正しいかもしれないが、ワイルドすぎる。明穂は黒岩通彦の情婦だったのではないのか？

そんな俺の思いが伝わったのかもしれない。明穂は急に俺から目を逸らすと、唇を噛んだ。好きではないが、自虐的にならざるを得ない。

「ふん、馬鹿だな、俺は。君みたいな可愛い女の子が、汚いニコヨンについてくるなんて……。初めから変だとは思っていたんだが」

「あたし、可愛くなんかない。この顔、整形だよ。本当は一重瞼でブタ鼻。すっごいブスだったんだ。ちっちゃい時はよく苛められていた。子どもって残酷だからね。今の整形技術ってすごいよ。ねぇ、あたしがブスだったら、付き合ってくれてなんか、いなかったでしょう？」

「知るもんか！」

「ここでサヨナラなんて絶対いやっ、一緒に帰っていい？」

「帰るだって……。ふん、あのキャンプ地か」

「荷物も置いているし」

明穂の荷物も俺の荷物も車の中だ。車のキーは明穂が持っている。

「勝手にすればいい」

どうせ拾った命。明穂が銃をぶっ放さなければ、俺は死んでいたかもしれない。明穂は命の恩人？　考えることはやめよう。

俺たちは駅前のコンビニで傷だらけの顔を隠すためのマスクを買った。マスクは顔の全てを覆えない。電車に乗った。同じ車両になった乗客はジロジロと不遠慮に俺たちを見ていた。俺たちは殆ど言葉を交わすことなく朝は別々に出て来た場所に一緒に戻った。

俺たちが買ったテントも、明穂の客から借りているステーションワゴンも、朝と同じ場所にあった。俺はさっさとテントに入った。明穂に黒岩との関係を訊くべきかもしれないが、話をしたくなかった。何も食べなかった。

俺は騙されていた。それだけで腹いっぱいだった。

翌朝、俺と明穂はリセットされていた。普通に向かい合って朝食を食べた。とどのつまり、俺たちの関係が虚構の関係であることは出会った時から変わっていない。人間はいつだって自分が見たいものを見るんだ。ニヒルを気取るつもりはないし、過度にセンチメンタルに浸る必要もない。

「身体、痛いとこ、ない？」明穂は優しい言葉をかけてきた。

「ああ、なんとか」

「今日はゆっくり休んだ方がいいよ」

金を稼ぐ必要のない俺は気が向かなければ働かなくてもいい身分だ。明穂は朝飯の後片付けをしてから、スマホでニュースを調べていた。

「昨日のこと、何も出てない」

明穂が気にしていることに俺は興味がなかった。

「へぇ、長野県南部で地震があったんだ。地割れの被害が出ているんだって。わぁ、お寺がひどいことになっている」

日本中、地震なんて日常茶飯事のことだが、俺は気になった。

「何ていう寺か、書いてあるか？」

「うーん、『こうぼじ』って読むのかな」

「見せてくれ」

俺は明穂のスマホのニュースを読んだ。やっぱり興菩寺だ。

「知っているお寺？」

「いや」

明穂にスマホを返した。五年前に止まった時間が動き出す。そんな予感がしていた。

「黒岩がどうなったか、わかんないけど、この場所は逃げた方がよくない？」

「おまえ、坂口って奴と付き合っていたって言っていたけど、それは嘘だな」

「そう。あの男は黒岩の子分。あの時まで、あたしは会ったこともなかった」

「坂口がアニキの復讐に来るってか？」

「わかんない」

「どうして撃ったんだ？　おまえ、黒岩のオンナだったんだろ」

「オンナなんて言わないで。オンナの振りをしていただけ。生きる為に……。いいえ、殺されないためによ」

「一応礼を言っておく。助けてくれて、ありがとう」

それは俺自身が楽になりたいためだけの台詞。明穂は首を横に振った。

「前からアイツを殺してやりたかった」

「殺す動機があったってことか？」

「動機、動機？　そんなもの有り過ぎるくらいだよ。でも、人はどんなに動機があっても殺人なんてしない。動機で銃は撃てないわ。はずみよ。はずみ」

そんなことは知っている。その理論は完璧に正しい。

「でも、二度目ははずみじゃない。動機で殺す」

明穂をキッと目を見開くと、急に車に駆けて行った。戻ってきた彼女は勇者のように立っていた。手には黒い金属がある。

「ああ、なんてことをしたんだ。持って来ちまったのか」

立ち上る気もしなかった。明穂の細く華奢な腕に、黒岩を撃ったそれは余りにも不釣り合いに見えた。明穂はじっと手の中の拳銃を見つめていた。

「黒岩は、あたしのお父さんを殺した」

「林檎作り一筋の？」

明穂はフッと笑った。

「あんなの全部作り話。あたし、生まれも育ちも東京だよ」

東北訛りがないはずだ。

「あたしのお父さん、町工場をやっていたんだ。ちっちゃい工場だったし、メッチャ安い外国の製品におされて、経営は苦しかったと思うけど、評判はそこそこ良かったみたい。ある日、大企業から新製品の試作品製作の話があって、最初はお父さん、すっごく喜んでいた。でも、それって、黒岩が仕掛けた罠だったんだ。お父さん、黒岩に騙されて、借金まみれになっちゃった。にっちもさっちもいかなくなって、お父さん、借金を保険金で払おうとして自殺したんだ。でも、契約から一年以内だったから、保険金は下りなかった。結局、お父さん、無駄死にだった」

明穂は話しながら興奮してきて、途中からは怒りをぶちまけるかのように捲し立てた。それだって、本当か作り話か、アテには出来ない。虚言癖のある女は多い。そういった女たちは自分が嘘を言っていると認識しない。スラスラと口先から嘘が出てきて、自分でその嘘を信じ込む。明穂だってそんな女かもしれない。でも、そんなことはどうでもよかった。

「借金を残されたあたしとお母さんは悲惨だった」

「相続放棄はしなかったのか？」

「そんなこと、後で知った。あたしは高校生だったし、お母さんも学が無かったから」

「お母さんは？」

「死んだわ。高校生だったあたしを学校に行かせるために。お母さん、昼も夜も働いて、それで病気になって……、あたし、お母さんを病院に連れて行った。あたし、お母さんの手を握って。お母さん……、最後まで『ごめんね、ごめんね』って……。三日よ。たった三日。お母さんが入院していたのは……。不公平よ。不公平よ。人生のルーレット、いい目にあたったことなんか一度も無かった」

何も言えなかった。明穂は急に立ち上り右手で持っていた拳銃を一本の木に向けた。

「バーン」

明穂の声に迫力はなかった。明穂は手を下ろした。やめろという言葉は無意味だ。俺は立ち上った。

「よし、行こう」

「えっ、どこへ？」

俺は答えず、テントを解体した。

犯罪者は現場に舞い戻るというが、俺もその定説から逃げられなかった。

2

「どうして長野県に？」車の中で明穂は訊いてきた。

「ボランティアをしに行く」

「お父さん、長野県生まれ？」

「いや。『木の葉を隠すなら森』って言うだろ」

「えっ、木の葉って何？」

物を知らない明穂にブラウン神父の推理を話す必要はない。

「気分転換だ」

明穂が不審がることはなかった。それは表面上だけかもしれない。

車が長野県に入った。小さな鳥の群れが広がることなく縮まることなく、空の一定の範囲を占拠して忙しなく飛び回っていた。鳥が自由だなんて、誰が言った？

　被災地に近づくと、交通整理している作業着の男が見えた。先の道路が陥没し通行止めになっているらしい。俺は自分たちがボランティアであることを伝えた。作業着の男は役場の職員で、活動する上での注意事項や事前登録の方法を教えてくれた。俺たちは偽名で登録したが、怪しまれることはなかった。猫の手よりはマシだと思われたのだろう。

　迂回路を通って、教えてもらった公民館に着いた。そこは既に十数人が集まっていた。取り仕切っていたスタッフは人懐っこい顔をした若い男だった。公民館の入口には、畳一帖ほどの大きさの掲示板が立て掛けられていた。

　掲示板の一番上には、大きな手書きの文字で「今日の依頼」とある。その下には、被災者からのいろいろな要望事項を書いた紙が何枚も張り付けられていた。被災地での活動内容は時間と共に刻々と変化する。スタッフは各種のニーズをてきぱきとボランティアに割り振っていった。

　女の明穂は救援物資の仕分け作業になった。スタッフから力作業は大丈夫ですか、と訊かれた俺は得意だと言った。すると土砂や瓦礫の撤去作業になった。作業の中ではタフな力仕事だが、土方で鍛えていた肉体にとっては大したことではなかった。空き地が瓦礫の一時置場になっていた。そこで地震による死亡事故は起きなかったという話を聞いた。

　明穂は一日で避難所の老人と仲良くなっていた。その日の夜、俺たちは他のボランティアの連中と一緒に避難所で雑魚寝になった。

　ボランティア活動にも慣れてきた頃、昼の休憩時間、炊き出しの握り飯を食べている時だ。

「たまげたなあ、死体が出たっていうぜ」

声が聞こえた方に目をやると、男がスマホを見ていた。二、三人がその男に近づきスマホを覗き込む。俺は座ったまま聞き耳を立てる。

死体は地震による被害者ではなかった。雑木林で白骨死体が見つかったというニュースだ。その雑木林が被害の大きかった興菩寺の北側にあることを俺は知っている。

死体は地震による被害状況の調査にきた県職員によって発見された。死体は着衣を身につけていなかった。長野県警は早々に死体遺棄事件と断定し捜査本部を立ち上げた。

夕方、避難所で明穂に会ったが、彼女は俺の顔を見てもすぐに声を掛けてこなかった。俺も目を合せるだけ。夕飯を終えて、やっと彼女は俺に話をした。

「白骨死体が出たんだって」

明穂はスマホを俺に見せた。続報、司法解剖の結果が入っていた。

白骨死体の性別は男性で、死亡時の年齢は二十代から三十代の前半ということだ。死後数年が経過しているが、時効が成立するほど古い遺体ではなく、十年は超えないとみられる。更に遺体のあばら骨には通常とは異なる表面劣化が認められた。捜査本部では遺体の身元の特定を急ぐと共に、殺人事件の可能性も視野にいれて捜査中である。

俺は何も言わなかった。俺が此処に来たことと白骨死体の発見。この関係を明穂が意識しないはずはない。

「お父さん、知っていたの？」

死体が黒岩健二かどうかを明穂が尋ねることはなかった。

「黒岩に伝えるか？」

「まさか……、あたし、アイツを裏切ったのよ」

その言葉で明穂が死体は健二だと思っていることがはっきりした。明穂は黒岩を裏切った？　それは信じられるのだろうか？　黒岩が銃で撃たれたことも、死んだということも、一切報道はされていない。黒岩の脇腹から流れた赤い血が撮影用の血糊でないと言えるだろうか……。俺は明穂を信じられない。明穂はそんな俺の疑惑を感じ取ったのか、黙ってしまった。


ボランティア活動を始めてから五日目、瓦礫の撤去作業をしている時、背後で声がした。

「すみません、灰藤さん？」

ふと声の方を振り向いた。そこには人相の悪い男が立っていた。

「やっぱり、灰藤さんだ。私のこと覚えていませんか？」

しくじっちまった。俺はやっと自分が本名に反応したことに気づいた。記憶が呼び起されて、男の顔と素性とが結びついた。名前は抜け落ちていたが。

「どうして刑事さんが？」

「どうして偽名で参加されているんですか？」

刑事は質問に質問で返してきた。相手を苛々させるのが彼らの常套手段。

「ボランティアなんてガラじゃないでしょう。『左手に告げるなかれ』ですよ」

聖書の一節、善行をひけらかすなという教訓。刑事はニヤリと笑った。俺の言葉を信じていると は思えない。

「あなたに会いに来ました。灰藤さんの顔、テレビのニュースで見たんです」

やはり刑事の答えは殆ど答えになっていない。確かに作業中に地震の取材で来たテレビクルーを見たことがあった。しかし自分が撮影されたという意識は無かった。たとえカメラに撮られていたとしても、フレームの端にチラリと写った程度だろう。刑事の観察力には感服する。

「黒岩道彦が銃で撃たれました」

それはパチンコに行ったとでも言うような素っ気ない言い方だった。

「はあ？」俺は何のことか解らないという顔を作った。

「あなたを襲った郷原会のヤクザですよ」

「ああ、あの男」

自分で言いながら狐と狸の騙し合いだと思った。

「ご存じなかったですか？」

「知りませんよ。刑事さんに言われるまで忘れていたくらいですから」

「そうですか」

「死んだんですか？」

思わず訊いていた。刑事は首を傾げた。

「撃たれたなんて聞いたら、気になるじゃないですか？」

刑事はニヤリと笑った。

「病院に入っています。重傷だったが死んじゃいません。今では話もできるし命に別状はないでしょう。灰藤さん、以前は狙われる理由に心当たりはないって仰っていましたが、何か思い出されましたか？」

俺は首を横に振った。

「でもそのヤクザ、何か言っていましたか？」

「いいえ、まぁ、ヤクザが個人的な恨みを警察に話すことはないでしょう」

「銃で撃たれたことについては？」

「いや、本人は銃で撃たれたなんて言ってはいません」

刑事はギョロリと俺の顔を見てから話を続けた。

「銃の手入れをしていて、暴発したって言っています。本当でしょうかねぇ？」

俺は黙っていた。刑事の次の質問を予想し、その心構えをしていたが、

「じゃあ、ボランティア、ごくろうさまです」

刑事はそれだけ言うと軽く頭を下げて去って行った。あっさりし過ぎている。却って不気味だった。

ボランティア作業に戻った。持ち場の瓦礫撤去が一段落してから、スタッフから河川に行ってくれと言われた。地震で川の一部が崩れて上流から漂着したゴミが溜まっているという。

その場所に着いて、刑事の名前を思い出した。借りていた家で最初に会った時、警察手帳を見せ

られた。彼は組織犯罪対策課の川岸と名乗っていた。

その日の夕方、刑事が来たことも、黒岩が生きていることも、明穂には話さなかったが、偽のボランティア活動はその日が最後になった。


翌朝早く、明穂は青ざめた顔で俺が泊まっている避難所に来た。彼女は二日前から避難所では寝られないと言って車中泊をしていた。図太い神経をしていると思っていたが、認識を改める必要があるかもしれない。

「ここを出よう。黒岩が生きていた。あたし、怖い」

「ここに来たのか？」

「ちがう。スマホに電話が掛かってきた。『あたしを殺す』って」

「奴は知っているのか？　俺たちがここに居るってこと」

「たぶん知らないと思う。アイツ、『どこにいるんだ』って、すごい剣幕で怒鳴っていたから。でもバレるかもしれない」

その認識が正しいことは既に知っている。俺たちはボランティアセンターのスタッフに、用事ができて急に帰らなければならなくなったと告げた。スタッフは残念そうにしていたが事情を詮索するようなことはなかった。俺たちは朝食も摂らずに出発した。次の行き先は決まっていない。

車を走らせながら、明穂に確認しなければならないことに気づいた。

「スマホでニュースが見られるだろう。それに黒岩のことは出ていたか？」

「あたし、気にして見ていたんだけど、出ていなかったと思う。だからいきなりの電話にびっくりして」

俺は刑事が訪ねてきた意味を理解した。刑事は黒岩の事件について『ご存じなかったですか？』と訊いてきた。黒岩は事件を隠していた。事件そのものが公になっていないんだから、無関係の人間だったら事件を知るはずがないじゃないか。刑事は俺を試したのだ。

「実は昨日、俺を訪ねて人が来たんだ」

「どういうこと？」

「ソタイの刑事だった。テレビのニュースで俺の顔を見たらしい。黒岩が銃で撃たれて入院しているって、ご親切にも教えに来てくれた」

「なんだ。入院中か」明穂は少し安心していた。

「アイツ、喋ってないかな。刑事にあたしが撃ったってこと？」

「いや、奴は自分で銃を暴発させたって嘘をついている」

「でも、警察はどうしてそんなこと、お父さんに？」

「俺と黒岩には何らかの因縁があると疑っているんだ。以前、俺が黒岩に襲われたことを知っているから」

「お父さんが撃ったって、疑われているの？」

「さあ、アリバイの追及はされなかった」

明穂は黙って何かを考えている。黒岩の狙撃とは別の事件、過去の殺人事件だ。

3

車の中で明穂はスマホを見ながらニュースを読んだ。

死体の身元が割れるのは時間の問題だった。東日本大震災で身元不明者の照会が難航した経験から全国の歯科医師会が患者の治療記録をデータベース化する取り組みが進められていた。今回はそのデータベースが有効に機能したらしい。

俺は急ブレーキを踏んだ。

「なにっ？」

明穂が驚いた。俺は明穂の顔を真正面から見返した。もう躊躇《ためら》うことはない。エンディングが近づいていることは解っていた。

「俺が殺した。黒岩の言うとおりだ」

明穂は顔を引きつらせた。唇が震えて何かを言い出しかけたが、彼女は俺から目を逸らした。

「許せなかった……。復讐したんだ。さあ、おまえさんの任務は完了だ。俺が健二を殺した犯人だってことを確かめるために俺に近づいたんだろ」

「やめて。そんなこと言うの」

明穂の肩に手を掛けて彼女の顔を俺の方に向かせた。

「さあ、俺を黒岩に売れ」

「いや」

「電話するんだ。奴にこの場所を教えて、灰藤竜也が吐いたって言え」

「いやっ、いやあぁー」

明穂はヒステリックに叫んだ。

「黒岩に『殺す』って言われたんだろ。この情報と引き換えに助かればいいだろ」

「わかってない。わかってないよ。お父さんは」

「もうその言い方はやめろ」

明穂は拳骨で俺の胸を叩いた。

「もうだめ。もうだめ。あたしはアイツをホンキにさせた。アイツ、あたしを絶対許さない」

「ずっと逃げ回ってなんていられないだろ。黒岩を撃ったって警察に自首して保護してもらうんだ」

「警察？　あんなのヤクザよりサイテー。警察があたしらを守ってくれるって！　まさか本気じゃないよね」

「黒岩のオンナだったんだろ。奴の犯罪の決定的な証拠を何か掴んでいないのか？」

「それを警察にチクって逮捕してもらうって？」

「そうだ」

「無理無理。ヤクザと警察はツーツーなんだって。たとえ逮捕されてもすぐ釈放される。そしたらあたしはまた狙われる。やっぱり殺される前に殺すしかないのよ」

明穂の顔が眩しかった。初めて明穂を見た時、俺は彼女が優美かと思ったくらいだった。しかし優美じゃなかった。優美とは決定的に違う。明穂は必死で生きようとしている。優美にそのエネルギーの半分でもあったら……。

「そんな目で見ないで」

明穂は小さな低い声を出した。俺の目は誤解されやすい。

「悪かった」

「そうよそうよ。みんなお父さんが悪いのよーっ」

それは子どもの癇癪のようだった。

「あんなスナックにどうして来たの。あたし、撃っちゃったじゃない。みんなみんな、お父さんが悪いのよ」

明穂は再び俺の胸を叩いた。だがその力はあまりに弱々しかった。

「健二を殺したりするから、健二を殺したりするから」

明穂は泣いていた。彼女が健二と呼ぶ声に違和感を覚えた。すると死んだ健二のスマホに残された着信履歴を思い出した。カタカナで「アキ」とあった。

「黒岩健二を知っているのか？」

「知っている。あの兄弟、揃いも揃って人間のクズ、いやクズなんかじゃない。クズなんて上等なモンじゃない。毒を撒き散らす害虫よ。健二のために不幸になった子なんて、きっと数えきれないよ」

健二のために不幸になった子って、君もそうなのか？　明穂にそう訊くこともできなかった。助手席の明穂は姿勢を正して、じっと前を見ていた。

「お父さん、いいことしたんだよ。そう……、正義よ。健二が死んで安心して暮らせる人が増えたはずよ」

正義なんて虫唾が走る。戦争はいつの時代も正義の名の下で行われる。

「でも不思議。あの兄弟、そんなに仲がいいとは思えなかったのに……。弟と連絡が取れなくなったら、急に心配しだして。アイツ、他人に対しては血も涙もないクズなのに」

何も言わずアクセルペダルを静かに踏み込んだ。結局、俺たちはビクビクしながら逃げるしかないのかもしれない。


その日、俺たちは人里離れた山間でキャンプをした。明穂は、それが義務であるかのように、自分が作ったロールキャベツを口に運んでいた。泣きながら食べても美味くはないだろうに……。

「健二は本当にひどい奴だった。あいつ、街で引っかけた女を連れ込んで、裸にしてビデオ撮って、それをネタに脅迫するんだ。それがあいつの手口なんだ」

食事をするのに相応しくない話題だった。

「あたしも脅迫された。お母さんがあの時はまだ生きていたから、実名でネットにバラ撒かれるのは絶対いやだった。だから嫌々ＡＶにも出た」

「もういい。やめてくれ！」

思わず怒鳴っていた。明穂は黙った。彼女は俺に慰めて欲しかったのかもしれない。しかし俺は優しい気持ちにはなれなかった。

五年前、俺は優美から健二に何をされたのか、詳しく聞くことが出来なかった。優美も明穂と同じ経験をしたのか？　そんなことを考えると、今になってやりきれない気持ちでいっぱいになる。ミシミシと身体が引き裂かれる思いだ。

人生において、知らない方がいいことがある。

食欲がわかずビールばかりを飲んだ。

「食べないの？」

「ああ」

「せっかく作ったのに」

「明日食う」

「いいわよ。明日はまた作る」

俺は「おやすみ」も言わずにテントの中に入った。横になって目を瞑る。明穂が一人で後片付けをしている音が聞こえた。それから静かになった。

ソタイの刑事は俺と黒岩の関係を探っていた。そんな中、黒岩の弟の死体があがった。あの刑事は再び俺の前に現れるだろう……。

『お父さんが悪いのよ。健二を殺したりするから、健二を殺したりするから』

明穂が言ったその言葉が蘇って、中々消えてくれなかった。

健二を殺す以外に方法は無かったのだろうか？　今になってそんなことを考えても仕方がないが。

無意味な考えが頭の中でぐるぐる回っていた。愚かにも過去の記憶を反芻している。これじゃあ悪夢を見ようとしているようなもんじゃないか。

苦い空気を吸いながら、それでもいつしか眠りについた。

ビールを飲み過ぎた。その作用効果はてきめんだった。夜中に尿意をもよおして目を覚ました。あの夢をみていなかった。その代わりマロンが夢の中にでてきた。マロンは天国に行けたことを知らせてくれたのかもしれない。

テントを出た。外は気味が悪いほど明るかった。空を見上げると満月に見返された。月は超然としていた。これほどまでに冷たく光る月を今までに見たことがなかった。

小便をするため少し離れた木々の茂みに歩いていくと、微かに声が聞こえたように思った。耳を澄ますと呻き声のようだ。誰かがいる……。

忍び足で声の方に向かった。地面に人が仰向けになって寝そべっていた。顔は見えなかった。広げた脚が見えた。膝を立てていた。子どものような細い脚だった。脚がせり上がり、月の明かりが臀部を照らした。下着はつけていない。

若い女が満月を見ながら自慰行為をしている……？　見てはいけないものを見た。そう思った。自分が嘘をついた時に感じるような、誰かの嘘に気づいた時に感じるような、そんな後ろめたさ。

女に気づかれないように引き返そうと思い、音をたてないように身体の向きを変えた。その時、女の声が急に変わった。さっきまでの微かな呻き声とは違う。俺は声の方を見た。女は手に何かを持っていた。石だ。その手を高く掲げて、自分の下腹部を乱暴に叩いていた。ホラー映画の悪魔に取り憑かれた少女……。

女は悲鳴を上げた。俺は怖くなった。彼女が快楽にふけっているのではないことは明らかだった。俺は意を決して叫んだ。

「明穂、明穂、しっかりしろ！」

振り上げられた女の手はバサッと下に落ちた。女はわんわんと小さな子どものように泣き出した。彼女が落ち着くまで待つしかなかった。

「見たでしょう。あたしは……、変なの」

明穂は仰向けに寝そべったまま起き上がらない。

「どうしたんだ？」

「何でもない。時々どうしても自分を痛めつけたくなるのよ。きっとリストカットを繰り返す人とおんなじ」

「君にも……、自殺願望があるのか？」

「ちがう。自分の身体を何度も傷つけるような人は自殺しない。あたしも自殺なんか絶対にしない。生き抜いてやる。生き抜くために自分の身体を傷つけるんだ。そうしないと……。見て、あたしのここ、痣だらけなんだ。最初は男に殴られた。ここだと下着で隠せるからって、暴力がばれないって」

明穂は身体を捻り、自分の下腹部を俺に見せつけるようにした。

「やめろ」

俺は目を逸らした。彼女は心を病んでいた。彼女が俺に見せてきた天真爛漫さは全てが演技だったとは思えないが、彼女の心は見せかけとは全く違うのだ。

『不公平、不公平。人生のルーレットに、いい目なんか当らなかった』

そんなことを明穂は言っていた。確かに人生は不公平だ。でも人生をルーレットと思った瞬間に人生はルーレットになっちまう。そしていい目に当たりたいって願うだけなら決していい目になんか当らない……。

「パンツ」

明穂はポツリと言って俺の思考を中断した。

「えっ？」

「踏んづけてる」

明穂の視線の先を確認しその場所から離れた。彼女は地面に残された下着を拾い、もそもそと両脚を通し、それがあるべき位置に引き上げられると体育座りをした。

「あたし、お父さんを見殺しにした」

俺が怪訝な顔をすると、

「ううん、本当のお父さん。あたし、高校生の時、聞いたの。夜中に、お父さんとお母さんが話をしているのを。お父さん『自殺して保険金でお母さんとあたしを助けたい』って。そんなことを言っていた。お母さん、泣いていた。あたしは部屋の外で、じっとそれを聞いていた。お父さんが死んでくれたら、今のような地獄から抜け出せる。あたしはそんなことを考えていた。サイテー、サイテー。あたしはサイテーよ」

興奮した明穂は再び大きな声で泣き出した。明穂の父親は明穂が言ったとおり本当に死んでいた。偽りの生活ではあるが俺は明穂とすごしている。そのことを考えると、自分が彼女の父親に対しても負債を持っているように感じた。

「おやすみ」

俺は自分のテントに戻った。彼女に慰めの言葉を言う権利を俺は持っていない。

過去　五年前（犯罪）

1

中絶費用の三十万円を優美に渡した。それが優美に使われるのではないことに私は少なからず安堵していた。

一週間後、夜遅く帰宅した私は優美の部屋で置手紙を見つけた。

『暫く家に帰りません。

心配しないで下さい。

ごめんなさい。』

ボールペンで書かれた文字。自分がテレビドラマか何かを観ているように感じた。現実を受け入れたくなかった、何をすべきか考えが纏まらなかった。優美のスマホに電話を掛けたのは、どのくらいの時間が経ってからだったのだろう。一分後だったかもしれないし、一時間後だったかもしれない。

『おかけになった電話は、電波が届かないところにあるか、電源が入っていないため、お繋ぎできません』

返されるメッセージは私から離れてしまった優美の心だった。ラブホテルの前での出来事以来、私は優美に厳しくした。彼女はまだ子どもだから、それが父親として当然だと思っていた。間違いなく彼女には不満があったと思うが、必ず解ってくれると私は信じていた。何故、家出する前に相談してくれなかったのか？　娘にとって私は相談できるような父親ではなかったということか？

苛立ちと哀しみが同時に私を襲った。

翌日、私は会社を休んで優美の通う学校に行った。担任の男性教師に状況を話した。教師はひどく驚いていたが、私は彼の様子に違和感を持った。

「先生、何かご存じなんですか？」

「あっ、いや……」

優美がイジメに遭っていたことをこの教師は薄々気づいていたが、それを言うと責任問題になる。

だから言葉を濁しているのだ。

教師の話によると、今年に入ってから優美は何度か風邪で欠席するという連絡があったという。私は優美が毎日学校に行っているものだと思っていた。教師から話を聞き終えた私は、優美と親しい友人から話を聞かせて欲しいと頼んだ。

事情が事情なので、教師も私が学校で生徒に話を聞くことを許可してくれた。

私が話を聞いた生徒は優美の家出を親身になって心配してくれているようだった。私は優美の友人から優美が行きそうな場所を幾つか聞きだした。学校を出てから日が暮れるまで、私は優美を探し回った。中学時代の友人のところにも行った。しかし何の手掛りも得られなかった。

私が所轄の警察署に行ったのは午後七時を過ぎていた。娘の捜索願を申し出た。

事件性のない家出人に対して積極的な捜査を望んでも無理だろう。しかし事件性を主張する根拠もない。結局、正直に言うことにした。すると、警官は手紙かメモ書きの類いが無かったかと尋ねてきた。私は持ってきた置手紙を警官に渡した。警官はそれを見ると、すぐに私に返した。たった三行だけの文章。コピーを取る必要も無いのだろう。それから警官は一枚の紙切れを出した。

「それでは、これに必要事項を書いて出して下さい」

記入台に行き、帳票の記入欄を埋めようとした。意外に書けない内容が多かった。正確な身長体重は解らなかったし、行方不明になった時に来ていた洋服や持ち物もである。持っている洋服から無くなっているものを、後日、追記してくれてもいいと警官に言われたが、たとえ優美の洋服ダンスを見ても、何が無くなっているか、私には見当がつかない。記入用紙には薬物使用の有無や精神的または肉体的な病歴についての記入欄もあった。覚醒剤を使用した芸能人が逮捕されたという事件が世間を騒がせていた時期だった。私は娘の薬物使用が絶対に無かったとは断言できなかった。なんとか記入欄を埋めつくして、優美の捜索願は受理された。私は頭を下げて警察署を後にしたが、気休めにもならなかった。

帰宅してから、優美の置手紙をもう一度見た。

『暫く家に帰りません。

心配しないで下さい。

ごめんなさい。』

その文章の中に行先に関することは書かれていない。そんなことは初めから解っていたが、私は行間に手掛りを探して見つめていた。すると、急にある疑惑が芽生えた。この文字が本当に優美の文字なのか……。優美の文字のような気がするが、彼女が書いた文字を何年も見ていない。誰かが優美の置手紙と偽って此処に置いたとは考えられないだろうか?

私は優美の勉強机に立て掛けてあったノートを捲った。その文字と置手紙の文字を見比べた。それは似ていた。私は安堵した。しかし暫くすると誰かが似せて書いているようにも思えてきた。私は溜息をついて自分の娘の部屋を出た。

頭は混乱していた。眠ることなどできないことは解っていたが、寝室のベッドに横になった。もう一度、優美のスマホに電話を掛けた。やはり通じなかった。置手紙には『探さないで下さい』とは書いていない。もし第三者が家出を偽装するのだったら、『探さないで下さい』と書き残すように思えた。やはり優美が書いたのだ。私に心配を掛けたくなかったから置手紙を残した。そう思えるようになった。

優美のことばかり考えていた。ラブホテルの前で目撃した優美の姿が何度も現れて、私が眠るのを妨げた。気がつくと、ベッドサイドの時計は五時を指していた。三時までは記憶がある。どうやら少し眠ったようだ。

翌日、お手伝いの智子さんに事情を話した。彼女はおろおろするばかりだった。

「大丈夫ですよ。きっと帰って来る」

私が智子さんを安心させようと言った言葉は私自身に言った言葉だ。

2

会社を休んで優美の行方を探し回ったが、何の手掛りも得られなかった。四日目から会社に出ることにしたが、仕事中、何度も優美に電話を掛けた。その都度、自分の無力さを思い知らされることになった。

仕事に戻って数日が経った帰宅途中、電車から降りて駅の構内を歩いている時のこと。何気なくスマホを取り出して、それを見た。優美からの着信履歴が表示されていた。七分前だ。それは私が電車に乗っていた時間である。急いで通路の隅に行き、発信ボタンを押した。二回目の呼び出し音が途中で切れて電話が繋がった。

「優美、優美なのか？」

私は声を大きくしたが、スマホから音は聞こえない。

「もしもし、優美なんだろう。何か言ってくれ」

もう一度呼びかけた。微かに声がしたように思ったが、構内の雑踏に掻き消された。私は少しでも静かな場所に行こうと思い、人の少ない場所を探して走った。走りながら声を大きくした。

「優美、頼む。切らないでくれ。今、パパは駅にいて、騒がしいんだ。もう少し大きな声で言ってくれ」

『パパ、助けて。あたし、あたし……』

はっきりと聞こえた。優美の声だ。

「もちろん助ける。今すぐ助けに行く。だからしっかりするんだ」

優美は苦しそうな呻き声を上げた。

「怪我でもしているのか？　具合が悪いのか？」

『ちっ、ちがう、あたしは……、大丈夫。でも、ああ、あたし……、健二を殺しちゃった』

優美は、私の知らない名前と、私には信じられない行為を言った。

「こっ、殺したって！　本当なのか？」

『嘘じゃない』

眩暈《めまい》がしそうだった。

「わかった。本当に死んでいるんだな？」

『血まみれで、全然、動かない。あたし、あたし』

優美は言葉を詰まらせ、それから嗚咽が聞こえた。

「しっかりするんだ。パパが今からそこに行く。どこにいるんだ？」

優美は暫くしてから住所を告げてきた。スマホで調べたらしい。

「優美、このことは誰も知らないんだな？」

『知らない。すぐパパに電話したから』

「部屋の鍵は掛けているか？」

『掛けている』

「解った。パパが行くまで、絶対そこを動くんじゃないぞ。死体は血まみれって……。優美は返り血を浴びているんじゃないか？」

『そっ、そう』

優美はまた泣き声に変わった。

「解った。何か着替えを持っていく。それから死体がある部屋は窓がある部屋なのか？」

『そうだけど』

「じゃあ、窓の無い部屋はあるか？」

『うん、キッチンがある』

「よし。この後、窓のある部屋の電気は全て消して優美はキッチンに行っているんだ。パパが行くまで誰も部屋に入れるんじゃないぞ」

スマホから鼻を啜る音が聞こえた。私は優美に言った。

「ありがとう」

『えっ……、どっ、どうして？』

「パパに電話で知らせてくれて……。優美、頑張るんだぞ。パパが絶対助けてやる」

『うん、あたし、頑張る』

その声を確かに聞いてから私は電話を切った。

急に周りの人の目が気になった。「殺した」とか「死体」とか、そんな物騒な言葉を私は夢中で繰り返していたのだ。誰かに会話を聞かれていれば、怪しまれるのは必至だったが、帰宅ラッシュ時の駅構内では、他人の電話を気にする人間はいなかったようだ。

私は改札口を抜けると一刻も早く家に戻りたかったからタクシーを拾った。近距離なのでタクシーの運転手は嫌味を言った。

マンションに着くと最初に優美の部屋から適当な着替えを選んだ。次に納戸に行き、死体を運び出すためのスーツケースを探した。大人の男を入れられるほど大きな物はなかった。当然、大きな麻袋なんか持っていない。私は死体を何かに入れて運び出すことを諦め、とりあえず家にあった一番大きなボストンバッグを持っていくことにした。

殺害現場に優美が犯人であることを示す遺留品を残してはいけない。大きなポリ袋とレジャーシートが目に留まったので、それらもボストンバッグに入れた。

部屋を出てエレベーターで一階に降りた。駐車場に向かう道で男と顔を合わした。私は軽く頭を下げて擦れ違った。私の心臓は鼓動を激しくした。死体を運び出す時に誰かに見られたら。そんな不安が頭に過った。

私は一度も会ったことのない男の死体の様々な形を想像していた。頭の中にはドラマで見た死体の処理に関するシーンが巡っていた。警察に通報する考えが入り込む隙間は無かった。

駐車場には青いシトロエンが停まっていた。目立つ車だが仕方がない。買うときは自分が死体遺棄という犯罪に手を染めるなど考えていなかった。タクシーを利用することは出来ない。キーを回してエンジンを掛ける。エンジンの音がいつもより大きく聞こえる。私は安全運転を肝に銘じてアクセルを踏んだ。

夜、知らない道を車載ナビの指示に従って走った。音声ガイドが途切れて不安を感じ始めた頃、『この先、道なりです』の音声が聞こえて、間違っていないことを確認する。ゆっくり走って一時間半後、ハイツ・ピジェに着いた。そこは三階建てのアパートだった。三階の窓を見ていく、灯りが点いていない区間があった。あれが、優美が言っていた三〇三号室なのだろう。私はスマホを取り出し最後の着信履歴に掛ける。優美はすぐに出た。

「今アパートに着いた。今から行くから鍵を開けてくれ」

『わかった』

私は手袋を嵌めてから優美の着替えを入れたボストンバッグを持って車を出た。エレベーターはない。私は階段を上がった。幸運にも誰にも見られることなく、三〇三のドアの前に辿り着けた。

大きく息を吐いて気持ちを落ち着けてからチャイムを鳴らした。中の優美に私の顔が見えるように覗き窓の前に立った。カチャリとロックが外れる音がしてドアが開いた。するりと部屋の中に身体を入れた。

「パパ」

目の前に優美の泣き顔があった。彼女の洋服には既に変色した血が付いていたが顔には血が付いていなかった。顔だけは洗ったのだろう。でも顔色が悪い。ひどくやつれた印象だ。玄関を入ってすぐに廊下があり、キッチンや洗面所のスペースになっていた。その先のドアは閉まっている。私は目で優美に訊いた。優美は頷いた。ドアをそっと開ける。その部屋の電気は消されていたが、キッチンからの光で中の状況は解った。

男が仰向けになって倒れていた。胸に包丁が刺さっていた。その構図が作為的に感じられて、男が死んだ振りをしているように思った。次の瞬間、

男の頭が静かに浮き上ってきた。次に上半身、そして腰が上がった。まるで紐で吊り上げられるマリオネット？　いや違う。腕や脚の関節がシャキッとした。閉じていた目がカッと開く。死体はゾンビになった。ゾンビは手を前に出す。襲い掛かるつもりなのか……？　身体が凍りつきそうだった。

「パパ、パパ……、だいじょうぶ？」

優美の声で正気に戻った。ゾンビは消えた。

「ああ、大丈夫だ」

部屋の電灯を点けた。死体の周りの床は血でひどく汚れていたが、壁や天井には目立った血痕は認められない。死体を隠して床を掃除すれば、ここが事件現場であることを隠蔽できそうに思えた。死体の傍にレジャーシートを敷いて、その上に死体を寝かせた。その後、ゆっくりと包丁を抜いた。血が溢れることはなかった。私は包丁をキッチンで洗ってから、ナイフホルダーに掛けた。次に雑巾になりそうなタオルと浴室用洗剤を見つけて、死体の周りの血痕を拭き取っていった。最初は呆然として私を見守っていた優美だったが、途中から私の作業を手伝った。

私たち父娘は黙々と仕事を続けた。床を綺麗に掃除してから、壁や天井、家具類に血飛沫の跡がないかを念入りに調べた。すると壁紙に直径数ミリ程度の小さな痕跡が幾つか見つかった。壁紙に染み込んでいて取れないかもしれないと思いながらも、歯ブラシに洗剤を付けて丹念に擦っていくと血痕はすっかり見えなくなった。この時、私は死んだ愛音が私たちの味方をしてくれていると感じた。

血痕を消す作業が終わってから、私は優美に訊いた。

「こいつは、どういう男なんだ」

「マナミとゲーセンに行った時、知り合った。後で麻薬の密売人だってわかった」

「マナミって？」

「中学時代の友だち、不良になって、パパに言われて、付き合わないようにしていたんだけど……。ごめんなさい」

「謝るのはいい。こいつのスマホは？」

「ああ、こっち」

隣の寝室、優美はベッドの中に手を入れてスマホを取り出した。

「電話が掛かってきて、うるさかったから」

「電源を切らなかったのは賢明だ」

私は着信履歴を確認し画面を優美に見せた。

「アキ……、知っているか？」

優美は首を横に振った。着信履歴は一回だけのようだ。私はSNSのアプリケーションを開いた。女の名前が多い。アキもあった。チャラチャラした通信履歴が残っているが、今日の受信は入っていない。

「優美がこのアパートに来たことを知っている人間はいるか？」

「わからない」

「マナミって子は？」

「あたしは言ってないけど」

私は持ってきたボストンバッグを開けた。着替え用の服を出して優美を着替えさせた。それから優美が此処に持ってきた物を全部ボストンバッグに入れさせた。このアパートから優美の痕跡を消そうと思ったからだ。優美は私の意図を理解した。

優美にも手袋を嵌めさせた。優美の指紋を消すために二人で優美が触った可能性がありそうなところを拭いて回った。その作業が終わると、掃除機で部屋の掃除をした。掃除機は紙パック式のタイプだった。ゴミを吸い取った紙パックは持ち帰って新しい紙パックに入れ替えようと思い、控えの紙パックを探したが、何処にも見つからず諦めることにした。掃除機に紙パックが入っていないことは不自然であるが、ゴミの中に優美の毛髪を残しておくことの方が危険だと判断したのだ。

自分の腕時計を見た。午前零時をほんの少し回っている。目の前には、最後の難関が大きな恰好をして横たわっていた。此処に来る時は幸運にも誰にも見られなかった。此処から死体を運び出す時もその幸運が続くとは限らない。

玄関に行き覗き穴から通路の様子を伺った。小さな覗き穴から見られる範囲は狭い。耳を澄ませた。かなりの時間そうしていた。人が通る気配は無かったが、あと一時間だけ待とうと思った。決して多くはないものの、終電を利用して、午前零時をかなり過ぎた時刻に帰宅になった経験が私にはあったからだ。

大仕事を終えた優美は疲労困憊の様子だった。

「死体を運び出す。人に見られてはいけないから、あと一時間待ってからやるつもりだ。大丈夫か？」

優美はは小さく頷いた。

黙って時間が過ぎるのを待つには、一時間はあまりにも長い。私は優美が健二を殺すことになった経緯を訊きたかったが、その気持ちは抑えた。

私は楽しかった優美との思い出を話した。優美が赤ん坊だった時のことだ。元気よく遊んでいたのに、急に部屋の隅でしゃがみ込み、顔を赤くして力んでいた。ウンチをしていることが丸わかりだった。そんな話をすると優美に微かな笑顔が戻った。

午前一時になった。

「パパが独りで死体を運ぶ。車を下に停めてあるから、優美は車で待っていて欲しい」

車のキーを優美に渡した。

玄関口で優美と別れてから部屋に戻り、レジャーシートの上の死体を触った。最初に死体を動かした時よりも関節が動きにくい。これが死後硬直なのだと私は理解した。車で此処に来る時、私は死体をレジャーシートで包んで運び出そうと考えていたのだが、死体を小さく折り曲げるのは中々難しかった。私は死体をシートに包むことを諦めた。どっちみち、大きな荷物を運び出すところを他人に見られたら怪しまれるのは確実だ。

もし誰かが来たら、『太陽がいっぱい』のアラン・ドロンの真似をすることに決めた。死体を背負って、玄関ドアから外に出て階段を下りた。自分の足音だけがやけに響く夜だった。誰とも擦れ違うことがなかったので、酒場で酔いつぶれた健二を友人が自宅に送り届ける演技をする必要はなかった。車の助手席に座る優美の顔が見えた。私が戻って来たのに気づいた優美は車から出ようとしたが、私は手で制し、独りで死体をトランクに積み込んだ。

マリファナは軽いドラッグであり、カナダではマリファナ入りのクッキーまで売られていて、煙草より安全だという話を聞いたことがあるが、家に帰ってからの優美の状態を見て、それは大きな間違いだと思った。もしかしたら、優美が吸わされていたマリファナは品質が粗悪で不純物の影響だったのかもしれない。

優美を健二のアパートから連れ戻した次の日の朝、リビングのソファに座って休んでいる優美を見ながら、私はキッチンで朝食の準備を始めた。

「きゃあ、来ないで！」

突然、優美が叫んだ、彼女は立ち上り、何もない空間に向けて手を振り回していた。

「優美、優美、どうしたんだ」

「健二が、健二が……」

「ここは家《うち》だ。そんな奴いない。パパと優美、二人だけだ」

私は優美を抱いた。彼女は私の腕の中で激しく暴れた。

「ううっ、うう……」

彼女は必死で歯を食いしばっていた。

私は優美を強く抱きしめた。必死だった。

優美は縋るような目で私を見た。

「幻覚だ」

「そう。幻覚……」

優美は私の言葉を繰り返し、やがて落ち着いた。

私はトーストとハムエッグの簡単な朝食を作ったが、優美はトーストを一口かじっただけでベッドに入った。昼近く再び麻薬の禁断症状が優美を襲った。

少しでも優美の体力を回復させようと思い、粥を作った。優美は少しだけ食べた。数時間後、彼女はトイレに駆け込んだ。ひどい下痢になったらしい。顔に汗をかいて、ベッドの上で呻いた。私はそんな娘の傍で手を握り、励ますことしかできなかった。

3

樹木が鬱蒼として見える雑木林だった。中に進んいくと、比較的空いた地面が見つかった。そこは死体を埋めるのには恰好の場所に思われた。私はランタンを樹の枝に掛け、スコップを地面に突き刺すと、車を停めた場所まで歩いた。トランクを開けてホームセンターで買った麻袋を引っ張り出した。肩に麻袋を担ぎ、再び雑木林に入った。先ほど突き刺したスコップの近くに麻袋を置いてから、スコップを引き抜いた。

土を掘り出していくと、むせ返るような臭いを感じた。死体が入った麻袋の口は紐で縛っていたし、死後三十時間程度しか経っていないから死臭ではない。土の匂いだった。私はスコップの金属部分を暴力的に蹴り込んだ。スコップが振り下ろされる音が陰々と続くようだった。大きな石の周りを削り、それを掘り出すと、私はぜいぜいと息を吐いた。掘られた穴はかなり大きくなっていた。

穴から這い出て麻袋の口を穴の方に向けて紐をほどいた。麻袋の底をぐいっと持ち上げると、裸の男の白い身体がごそっと滑り落ちた。万が一、掘り出されても、すぐには身元が解らないように予め衣服を脱がせていた。

私は穴の中にすっぽりと収まった死体を眺めていた。不思議な気持ちだった。この男に関する感情が何も湧き起こらなかった。憎しみも怒りも憐みも何も感じないのだ。私は自分が人間の感情を失ってしまったのではないかとさえ感じた。

気づくと、自分の意思とは無関係に腕が動き、さっきまで穴を掘っていたスコップが今度は穴の中に土を入れ始めた。隙間が土で埋められていく作業を、もうひとりの私が見ているような感じだった。いつの間にか、そこに穴が掘られたことなど想像すら出来ないくらい周りの風景と同化していた。空の麻袋だけがポツンと残された。

樹の枝に掛けたランタンを外し、麻袋を持って雑木林を抜け出た。車道に来ると、車が私の帰りを待っていた。運転席に乗り込むと、大きく息を吐いた。忘れていることはないか。私は自分の行為を頭の中で反芻してから、エンジンキーを回した。

自宅マンションに戻った。

「優美、大丈夫か？」

「うん、だいじょうぶ。あたしより、パパはだいじょうぶだった？」

「ああ、パパは大丈夫だ」

「ごめんなさい……。寒かったでしょう。何か飲む？」

「そうだな。コーヒーをもらうよ」

優美はペーパードリップのコーヒーを二杯淹れた。二人でコーヒーを飲みながら私は優美の顔色が良くなっていることを喜んだ。

今は既に無くなっているが、丸一日、健二の死体を自分の車のトランクに入れっぱなしにしていた。もうあの車には乗れない。売ってしまおう。私はそんなことを考えていた。

優美とは事件の話は一切せずに昔の思い出話をした。それもほんの僅かで会話らしい会話にはなっていなかったと思う。

それでも優美と同じ時間を共有していると考えるだけで私は満足だった。私の気持ちは少し楽になっていた。父娘という繋がりに加えて、殺人事件の隠蔽という共同作業を行った同志として私と優美は繋がっていた。

「あたし、学校に戻るわ」

不登校が続いていた生徒にとって、それは勇気の要る決断である。私は一瞬声を失った。優美は顔色が良くなったと言っても、やつれた印象が残っていた。

「大丈夫か？」

「うん、大丈夫。明日はちょっと厳しいけど。もう一日だけしっかり休んで、明後日から行く」

「そうか、パパも行こうか？」

「大丈夫。でも、ありがとう」

私は優美の肩を抱いた。この時の私は以前と同じ幸せが戻ってくる希望で胸に熱いものが込み上げてきた。

優美が嫌がるのでは？　そんな思いから、私は優美の学校には行かなかったが、クラス担任の先生には電話を掛けておくことにした。学校に行くと言った優美の言葉を疑ったわけではない。精神的に疲弊している娘のことを先生にしっかり頼んでおきたかったからだ。当然ながら事件のことは話せないが。

私が電話を掛けた時、担任の教師は授業中だった。それで副担任の女性教師が電話に出た。優美の様子を訊いた。優美は元気そうにしているらしい。クラスの友達も普通に接してくれているようだ。話を聞いて、私はやっと安堵した。縋る思いで娘のことを先生に頼み込んでから、電話を切った。先生の顔は電話で話をしている途中で思い出した。授業参観で一度学校に行ったことがある。歳は私とあまり変わらなかっただろう。高校教師というより給食のオバサンといった印象だった。

お手伝いの智子さんにも、事件のことは話さなかった。智子さんは優美が家出をする前と変わらない態度で私たち父娘に接してくれた。彼女が詮索好きな女性でなくて助かった。それは表面上だけなのかもしれないが。


健二という男のスマホは死体を運び出した時から持ち帰っていた。それに電話が掛かってきたのは数回だったが、SNSの着信は電話の回数と比べて遥かに多かった。どれも若い女からのメッセージのようだった。内容の半分以上は理解出来なかった。他愛もないメッセージが殆どのように思えたが、返信がないことを心配して、健二のアパートに押しかけて来そうに思われるメッセージもあった。

健二の部屋の鍵は掛けているが、SNSの相手が合鍵を持っていない保証はない。たとえ合鍵で部屋に入られても、あの部屋で殺人があった証拠は消しているから、すぐに大事にはならないと思う。しかしながら、行方不明ということで、捜索されるのも好ましくない。そんなことを考えていると、ある考えが浮かんだ。まだ健二が生きているように偽装工作することだ。

『ちょっとヤバイことがあって、雲隠れnow。ドンウォリー』

健二が打った過去のメッセージの文体に似せてマナミという相手に返信を打った。数分後にはレスポンスが来た。

『(@"y")ウィー!』

了解という意味だろう。他のメッセージにも同じような返信を打っておいた。相手の反応は大同小異だった。頻繁に連絡を取り合うような恋人も友人も健二にはいないのだ。これで、当分の間、健二の捜索はされないだろう。私はひとまず胸を撫で下ろした。

事件のことが私の頭から消えることは一時も無かった。私の内なる時間は死体を見たあの日と死体を埋めたあの日の間で往復するだけだったが、私の外の時間は水位が下がることがない大河の如く強引に流れていった。それは私には救いだった。少なくとも一か月の間、優美は元気を取り戻した。

それなのに、時計を逆さに回した悪魔は何だったのだろう。私は担任の先生から優美が二日続けて無断欠席をしたことを電話で聞いた。会社から帰って来ると、優美の様子は明らかに変わっていた。まるで麻薬中毒の患者のように生気のない顔。

「まさか、また、あの不良と会っているんじゃないだろうな」

強い口調で優美に問い質さずにはいられなかった。

「ちがう。もう会っていない。パパ、信じてくれないの！」

優美の声は私が怖気づくほど激しかった。

「悪かった。でも、どうしたんだ？」

私は出来るだけ穏やかに言ったつもりだったが、優美は泣き出した。

「あたし、あたし……。自首したい」

それは私の予想外の言葉だった。私は混乱した。とにかく優美の気持ちを落ち着かせて、思い留まらせなければならない。それだけが私の頭の中を支配していた。

「大丈夫だ。大丈夫。あんな男のために自首なんかすることはないんだ」

言ってしまってから、すぐに自責の念が湧き起こった。

「そうよね。そうよね。あたしが自首なんかしたら、パパが大変なことになってしまう」

「いや、そんなことじゃない。そんなこと、どうでもいいんだ」

私は慌てて言った。すると自分の口から出た言葉が自分を嘲笑うように感じられた。なんて白々しいことを言うのだと。私は口を堅く結んだ。

「ごめんなさい。あたし……、生まれてこなかったらよかった」

子どもが親に言う言葉の中で、これ以上残酷な言葉はない。

そんなことを言うな。怒鳴りつけたい衝動に駆られたが、娘が軽々しく言ったのではないことも解っていた。

「あたしが生れたから、ママが死んだ。パパはそう思っていた。あたしのことをママの生まれ変わりだと……。パパは、あたしじゃなくて、ママに生きていて欲しかったのよ」

「ちがう、ちがう。それは誤解だ」

「パパを責めているんじゃないの。でも、あたし、パパの気持ちが……、わかるんだ」

優美の言葉は私の心に突き刺さるナイフだった。私自身が心の底に隠していた気持ちは、娘には見透かされていたのだろうか。いや断じて違う。娘を愛する気持ちにも嘘はない。

「昔のパパは、ママか優美か、どっちかを選べと言われても、そんなこと出来なかった。でも、今はちがう。今ならはっきりと言える」

私は優美の顔を真正面から見た。

「パパは迷わず優美を選ぶ。嘘じゃない。ママへの愛情が消えたわけでもない。優美が生れた時のことは何度も話しただろう。ママが優美を産むことを決めた。パパはママの気持ちを尊重した。神様はパパとママの願いを半分しか叶えてくれなかった。ひどい。ひどすぎる。パパは神様を呪った。でも、そんな気持ちは一年ももたなかった。昔のパパは若かったんだ。優美にそう思わせてしまったことはパパが悪かった。本当にごめん。でも、優美を愛する気持ちにも嘘は無いんだ。信じて欲しい」

それから私と優美は抱き合って泣いた。

「パパ。パパ……」

優美の声がずっと耳に響いていた。

その翌日、私は会社を休んで優美と旅行することを独断で決めた。天空の城と言われる竹田城の景色を優美に見せたかった。それは優美を元気づける私の挑戦だった。最初は気乗りしない様子の優美だったが、途中からは旅行を楽しんでくれた。それは間違いなかったと思う。あの旅行以降、優美が私に自首したいと言うことはなくなった。私はすっかり安心していた。

旅行は優美のために決めたことなのだが、結果的に優美が自首をしなくなったことで、私の保身に繋がった。私は愚かだった。

何をどうしても優美が殺人を犯した事実は消えないのだ。高校生の優美は自分の罪の意識に苛まれ続けていた。私はそのことに気づかなかった。

あの旅行が優美から自首という選択肢を奪ってしまったとしたら……。あの幻想的な景色が優美から死に対する恐怖を消し去ったとしたら……。たった十七歳の優美に残された選択肢は最悪のものだった。

優美の最後の手紙。

『パパ、愛しています。

パパ、ごめんなさい。

パパ、ありがとう。

竹田城に連れて行ってくれて、

本当に嬉しかった。

パパ、優美はママに会いに行きます。

だから、パパ、泣かないで。』

……

優美は殺された——。

できることなら、娘を殺した健二を殺してやりたい。しかしそれは永遠に叶わない。私は健二の記憶を封印した。

優美は殺された——。

娘を殺したのは紛れもなく私自身だ。

第五章　別離

1

明穂の自傷行為を目撃した翌朝、テントの布地を通して薄日が差し込んでいた。彼女と顔を合せるのが何となく億劫に感じている自分に気づいた。暫くシュラフから出ずにじっとしていたが、尿意に降参してテントを出た。

穏やかな晴天。風がない。野鳥のさえずりも聞こえない。明穂はまだ起きていないようだ。あまりの静けさに時間が止まってしまったように感じる。木立の中に入って立小便を終えて戻ってきても、明穂は車から出て来てはいなかった。

朝飯を作ろうと思いたった。明穂のやり方を見ていたから調理用ストーブの使い方は解る。食材は車の中。車を覗き込むと明穂が寝ているのが見えた。リアドアを開けて、クーラーボックスに入っていたソーセージを出した。

鍋の中でソーセージは茹で上ったが、独りで食べる気はしなかった。ぼんやりと景色を眺めていたら、車のサイドドアが開いた。目を擦りながら明穂が出てきた。

「ふぁあー、おはよ」

何とも締まりのない顔。昨夜の暗い影は少しもなかった。

「うぁあ、おいしそう」

明穂はフォークを取ると、鍋からソーセージを引き上げて、パクリと食べた。食事を終えて明穂はスマホの画面を俺に見せた。

「さぁ、今日はここに行こう」

陽気にドライブの行き先が決められた。俺は彼女が初めて偉く見えた。尊敬という表現は少し違う。いつまでも子どもだと思っていた自分の子どもが、いつの間にか大人になっていたことを知った時に感じるような気持ちだろうか。

車を走らせていると、明穂のスマホが鳴った。彼女は黙って画面を見ていた。

「誰だ？」

「知らない電話」

明穂の身体は止まったままで着信音だけが続いた。

急に着信音が切れた。一瞬、電話の相手が折れたのかと思ったが、折れたのは明穂の方だった。

『アキーィ、いいかげんにしろよー。てめぇ、今すぐ見つけ出して、ぶっ殺してやる』

薄っぺらいスマホからは迫力のない怒鳴り声が漏れた。

「できっこない」明穂は言い返した。

『なんだとーぉ』

「今、入院中なんでしょ」

その後、黒岩は何かを言っていたようだが、声が小さくなったから、運転席の俺にはよく聞こえなかった。

「そんなこと知らない。知らないって……。健二、ヤバイ仕事していたから、きっとチンピラにでも殺されたんだわ……。見くびらないで。アンタなんか警察に逮捕よ」

明穂は怒りにまかせて叫んでいた。危険を感じた。

「見逃してくれたら、アンタがやってきたこと、警察には黙っていてあげる」

その後も明穂は挑発的な言葉を繰り返した。俺は口を挿んだ。

「もうやめろ」

それで明穂は我に返ったようだ。

「もう、ほっといて」明穂は電話を切った。

「まずかった?」

「さあな。奴の退院がなるべく遅くなるのを祈るよ」

「アイツ、健二が死体で発見されたこと、知っていた」

「だな」

バックミラーを見て胃が重く感じ、舌打ちをついた。

「なに?」明穂が訊いてきた。

「つけられている」

「ほんと?」

「さっきからいろいろ道を変えたが、ずっとついてきている。運転している奴の顔、知らないか?

あっ、後ろを見るな」

顎を動かしてバックミラーを指し示す。明穂は顔をバックミラーに近づけて暫く見ていたが、

「知らない。坂口じゃないけど」

「うむ、それは俺も解る。黒岩って奴、組の中では相当の地位にあるんだろ？」

「たぶん」

つまり奴の手足になる人間は沢山いるってことだ。アクセルを踏み込み加速した。後ろの車も俺に倣った。俺たちを追跡していた車はスポーティなハッチバック。カーチェイスで旧型のワゴン車に勝ち目は薄い。みるみるうちにバックミラーの車が大きくなる。

車のエンジン音がうなり振動を激しくする。背中をシートに押し付ける。ステアリングに伝わる振動を抑え込むため強く握り返す。

前方をしっかり睨みながら、ちらりちらりとバックミラーを窺う。小さなミラーの中で、ハッチバックは小さくなったり大きくなったりを繰り返す。ハイビームでヘッドライトが灯った。それは獰猛な肉食獣のようだった。二つのライトは俺たちを嘲笑うかのようにウインクを繰り返す。俺たちはライオンに狙われたシマウマだ。

敵は明らかに楽しんでいる。きっと油断している。俺はフルスロットルで突き放す挑戦に出た。アクセルペダルを一番下まで踏み込んだ。シリンダー内の混合気が大暴れする。ビートルズのハード・ロック『ヘルター・スケルター』が頭の中で響き渡る。

激しい振動と爆音は興奮と恐怖をもたらす。

明穂はシートにしがみついていた。

後ろの車はみるみる小さくなった。しかしバックミラーでそれを確認した次の瞬間、ミラーに写った車は再び大きくなる。追撃者《チェイサー》は俺の加速を待っていたと言わんばかりに本気を出した。俺の行為はスピード狂を喜ばすだけだった。

車の窓ガラスは全て閉めていたが、後方から地響きのような爆音が聞こえてくる。バックミラーで確認するまでもなく、凄まじい勢いで接近するのが解った。俺はフルスロットルを続けていたが、パワーが落ちるのを感じた。もう限界なのか。

ガンッ！　背中に激しい衝撃を受けた。明穂が悲鳴を上げる。

「くそっー！」

俺も殺気だっていた。ハッチバックは離れていった。一瞬、俺は気を緩めた。とたんに爆音が響いた。ハッチバックは再び猛加速で追ってきた。二度目のトライはボディを俺の車の横にぶつけて停めさせる魂胆だ。交通量の少ない山間の道路。車を停めたら何をされるか解らない。

前方視界に上り坂が広がっていた。俺は再びエンジンに鞭を入れた。しかし車の性能の違いは歴然としていた。ハッチバックは反対車線にはみ出て俺の横についた。二台の車だけがワインディングロードを並んで爆走する。俺たちのために山道は通行止めにでもされているのか。

ガードレールが目の前に迫って来る。ステアリング操作が間に合わない。

ガガガガ……。ボディが激しい金属音をたてる。中々ガードレールと離れてくれない。

「くそっ」

奥歯を噛みしめステアリングを握る手に力を入れる。なんとかガードレールと距離を取ると、今度はハッチバックの攻撃だった。次にギギギッと不快な金属音が続く。またもやボディをガードレールに擦ってしまった。

そんな攻防を続けながら急カーブを曲がった。キュルキュルとタイヤが鳴く。まもなく上り坂の頂上だ。最後のカーブを抜けると、前方から巨大なトレーラーが近づくのが見えた。このままではトレーラーとハッチバックが正面衝突する。そう思ったのは助手席の明穂も同じだった。

「きゃあぁ」

明穂の悲鳴と共に大型トレーラー特有の地響きに似たクラクションが鼓膜に響いた。対向車線のドライバーの必死さが伝わってくる。ブレーキを掛けていると思うがモンスターが斜め前にみるみる迫ってくる。

必死で右足に力を込めた。一気にハッチバックをかわすことには成功した。いや、ハッチバックが速度を緩めたのだ。

悲鳴のような轟音と共に俺の真横をモンスターが走り抜けた。間一髪のところで大事故を逃れた。自分の頬が顔面神経痛のようにピクピクと痙攣している。

気づけば頂上を通り越していた。バックミラーに目をやると追撃者の車は見えない。しかし今度は自分の車の暴走が危険領域に達していた。加速された車は猛烈な勢いで走っていた。今にも地面から浮く感じだ。

転がり落ちる『ヘルタースケルター』

制御不能になりそうだった。頭の中で嫌な想像がぐるぐる回る。ガードレールをぶち破って崖の下に落ちていくイメージ。それと戦いながら慎重にポンピングブレーキを掛けて速度を徐々に落とす。

「ふーっ」

意識して大きく息を吐いた。小鼻を膨らませて空気を吸い込み、もう一度息を吐いた。それでようやく落ち着きを取り戻せた。助手席を窺う余裕ができた。明穂は肩をゆっくり上下させていた。

バックミラーにハッチバックが映ったが、もはや追いつけない距離になっていた。危険を回避してから最初の分岐路に来た。尾行をまくために脇道に入った。さらに何度か方向を変えてコンビニが見えた。

速度を落とし駐車場に車を停めた。店に入り交替でトイレに行った。カウンターのコーヒーマシンで温かいコーヒーを買った。

車に戻ってコーヒーを啜っていると明穂のスマホが鳴った。明穂は画面を俺に向けた。

「さっきと同じ番号」

「ということは黒岩か？」

明穂は頷く。

「出た方がいい」

敵の手の内を探るため。明穂は素直に従った。スマホから声が聞こえた

『命拾いしたな。だが、これで終わりと思うなよ』

黒岩はまるでさっきまでのカーチェイスを見ていたように思える台詞を吐いた。その後、あの耳障りな笑い声が響いた。明穂は何も言わずに電話を切った。

明穂はスマホを憎々し気に見て言った。

「入院先がわかればいいんだけど」

「なぜだ？」

「こっちから殺しにいける」

明穂は厳しい目をしてバッグから拳銃を取り出す。

「おい、誰に見られるか解らないぞ」

俺は車を出した。そして走りながら考えた。

何故、俺たちの車は奴に簡単に見つかったのか？　以前もあったぞ。あれはベンツのセダンだった。奴らは俺たちのキャンプ地を見つけてマロンを殺した。ボンネットの上にマロンの死体を入れたダンボール箱を置いていった。あの時は明穂は黒岩の指示で動いていた。黒岩は俺たちの居場所を知っていた。奴らが置いていったのはあれだけでは無かったかもしれない。俺は車を道の脇に停めた。

「どうしたの？」

明穂が訊いたが、俺は人差し指を口に当てて車から下りた。後ろに回りリアドアを開く。ラゲッジルームの中を隅から隅まで調べた。ラゲッジは異常がない。次にエンジンルームを調べた。こっちも異常はない。

明穂は黙って俺の行動を見守っていた。もう一度ラゲッジルームに戻り、フロアのボードを捲り上げた。スペアタイヤが格納されたスペースから小さな機械が見つかった。黒岩は明穂が裏切ることも想定していたのだ。

俺は機械を明穂に見せた。明穂は目を大きくして口を押さえた。

「盗聴器じゃない。発信器だ」

「あたしたちの行動は筒抜けだったのね」

「そういうことだ」

「そんなの、壊しちゃおう」

「いや、考えがある」俺は発信器をポケットにしまった。

2

「ああん、もおーっ、見つかんない」

明穂は腹立たしげに言った。彼女は二時間以上同じ場所に座りっぱなしでスマホに向き合っていた。時々俺の方を見ては、ぶつぶつ言っている。かまって欲しいようにも見える。気が向いたから訊いてやることにした。

「何しているんだ?」

明穂はスマホの画面を俺に見せると、意外なことを言った。

「黒岩の入院先、探してる」

「どうやって？」

「教えてくれる人がいる」

「冗談だろ」

「ほんと」

「誰だ？」

「ヒマジンさん」

明穂が見せた画面には幾つものメッセージが並んでいた。

『……サイレンを鳴らした救急車……』『……お腹こわして、救急車呼んでもらった……』

『……学校行く途中で、救急車を見たぞー……』等々。

「なんだ、それ？」

共通点があることだけは辛うじて解ったが……。

明穂の説明によると、ツイッターで『救急車』というキーワードを入れて、黒岩が運ばれた救急車を目撃した人を探しているということだった。

「うまくいくかな」

彼女の試みが成功するとは思えなかった。おそらく彼女だって半信半疑だったに違いない。ただ、そんなことでもしないと、時間を持て余してしまうのも事実だった。翌日もその次も彼女はスマホと睨めっこを続けた。俺はツイッター以外にも様々なソーシャル・ネットワーキング・システムがあることを教えられた。

彼女は『5ちゃんねる』と言われるネット掲示板でネットの住人に対して情報提供を呼びかけた。匿名の呼び掛けに対してヒマ人が反応した。俺の予想を上回る数だった。その殆どがゴミだったが、何回目かのやりとりの後で、入ってきた情報は違っていた。明穂が黒岩を撃った日、郷原会のヤクザが病院に搬送されたという。その病院名も書かれていた。信憑性はそれなりにありそうである。

「たいしたもんだ。探偵事務所を開業できる」

軽口をたたいた。明穂が具体的な暗殺計画を考えている時でさえ、俺は彼女が本気で殺人をするとまでは考えていなかった。

明穂は意気揚々と計画の説明を始めた。

まず病院に入る。入院患者を装って病院内を見て回る。黒岩の病室を突き止める。それから看護師に変装して、その病室に入る。背中の検査が必要と言って、黒岩をうつ伏せにする。背中から心臓を狙って射殺する。

そんな説明を聞いた俺は笑った。あまりにも瑕疵《かし》だらけだ。脚本はテレビの低俗な二時間サスペンスでもボツになるだろう。

「病院には黒岩の子分がいるかもしれないんだ。おまえさんは見つけられて、たちまち取り押さえられるさ」

「女は化粧で別人に化けられるんだよ。よほど近づかなければ、わかんないって。こう見えて、あたし化粧は得意なんだ。水商売していたからね。今度見せてあげようか？」

明穂はニヤリと笑った。別に見せて欲しくもない。

「それはそれは……。じゃあ、看護師に変装するのはどうやるんだ？」

「病院ってクリーニングに出す量がハンパないでしょう。ナースのユニフォームはリネン室に入って手に入れるの。顔はマスクをして眼鏡をかければ、病室に入って近づいても気づかれることはないわ」

「マスクだって、マスクをつけたナースなんて見たことないぞ。そんな怪しい恰好、目立ち過ぎるだろ」

「やっぱ、眼鏡だけにする」

「まあ、それがうまくいったとしても、最大の難関があるぞ。拳銃を発砲すれば大騒ぎだ。どうやって病院から逃げるつもりなんだ？」

「拳銃を枕で包んで、発砲音を消すのよ」

「おやおや……。黒岩をうつ伏せにしたのは、そんな細工をするところを見せないためだったのか」

「そうよ。考えているでしょう」

「本気ですか、お嬢さん？」

「やっぱ駄目かぁ」明穂は両手を上げて伸びをした。

車から見つかった発信器は俺たちが駐車場に車を停めた時、偶然居合わせた長距離トラックの車体に忍ばせておいた。当然ながら、そのトラックの行き先は確認した。そのことが功を奏したのだろう。新しい追っ手が現れることも明穂のスマホに脅迫電話が掛かってくることもなかった。

季節は確実に進んでいた。明穂と出会ったのは九月の初めだったが、もう十月も終わりだ。優美が死んで会社を辞めた時は、俺の残りの人生は「絞りかす」だと思っていた。まさか、こんな冒険をするとは夢にも思っていなかった。

借りているステーションワゴンのオーナーから明穂のスマホに電話が掛かってきた。明穂からの連絡が全く無いことにしびれを切らしているようだ。長く行動を共にしてきた車は、もはや金属の塊ではない。仲間意識といったら大袈裟だろうか……。

この旅が終われば、この車はあのとっちゃん坊やに返すのだろうが、そのシーンはイメージできない。

明穂の声が聞こえていた。彼女はなんて嬉しそうな声をだすのだろう。アニメ声とでもいうのだろうか。こんな声で話し掛けられると、殴りつけたくなるが、世の中にはこんな声が好きな奴もいる。

「ごめんなさーい。悪いけど、もうちょっと貸しといてくれない……。うん。それは約束する……。うっそー、やっだー……。へぇ、知らなかった……。ふうん。ノリさんすごーい……。そうね、ノリさんとのドライブデート、楽しみーっ」

長電話がやっと終わった。明穂は男を適当にあしらうのが上手かった。但し自分に好意を寄せる男という限定はいるが。

黒岩健二の殺人事件について、スマホが知らせる警察の捜査状況に目ぼしい進展はなかった。俺も明穂も事件について何も話さなかった。

3

空気は澄んでいた。せせらぎの音だけがさらさらと鳴っていた。

もう何回このテントを張っただろうか？　あと何回このテントを張るのだろうか？　そんなことを思いながら川辺にテントを張り終えた頃、遠くで車の音がした。耳を澄ますと明らかに音は大きくなり、こちらに近づいて来るのが解った。

最初は警戒をしていたが、その警戒心はすぐに萎んだ。かわいいキャンピングカーが見えたからだ。ボディにはカラフルな絵、ハローキティが描かれている。いや、大きなステッカーが貼られているのかもしれない。テントの近くで調理器具の準備をしていた明穂も手を止めて、そのキャンピングカーを眺めていた。

曜日の感覚なんてすっかり失っていた俺だったが、ハローキティが今日は土曜日だったことを思い出させてくれた。

「おや、類は友を呼ぶかな？」

のどかな風景がそんな呑気な台詞を言わせる気分にさせた。人間は緊張状態を何日も持続させてはいられない。

キャンピングカーは俺たちの近くに停まった。ドアが開いて中から人が出てきた時、これまでの平和が嵐の前の静けさだったことを知った。

黒岩は退院していた。弟分である坂口も一緒だった。明穂はすぐに自分の車に向かって走り出したが、同時に坂口も走っていた。明穂より先に車のドアに手を掛けると、中に何かを投げ込んで再びドアを閉めて仁王立ちをした。

「どいてよ！」

明穂は叫んだ。坂口は明穂を睨んでいたが急にニヤリと笑い、さっとその場を離れた。明穂が車のドアに手を掛けるのが見えた。

「危ない、逃げろ！」

夢中で叫んでいた。明穂ははっとしたように車のドアノブから手を離し、俺の方を振り返ると凄い顔で走り出した。

俺が感じた予感を明穂は本能的に理解していた。次の瞬間、耳を聾《ろう》する爆発音が空気を粉々に砕いた。音源は明穂の真後ろ。俺たちが行動を共にしてきたステーションワゴンだった。明穂は悲鳴を上げて俺の傍に来た。

「大丈夫か、怪我は？」

「だっ、だいじょうぶ」

明穂は間一髪のところで爆発の影響から免れたが、恐怖で震えていた。車のフロントガラスが割れて、赤い炎が生き物のように揺れているのが見えた。みるみるうちに黒い煙が炎を覆い隠していった。一度激しく興奮した空気だったが、すぐにおとなしくなった。今、主導権は黒い煙が握っている。

「イッヒッヒッ、イッヒッヒッ」

以前聞いたのと同じ狂人の声が響いた。黒岩と坂口はキャンピングカーの近くに立っていた。弟分は悔しそうな顔をしているが、兄貴の方は下品に歯ぐきを見せている。楽しくて仕方がないという顔だ。

「惜しかったなあ、もうちょっとで真っ黒焦げになれたのになあ。ヒッヒッヒ」

明穂は呆然とした顔で車から立ち上る煙を見ている。

彼女が拳銃を入れておいたバッグは車と共に燃えている。臭いが強くなった。鼻を刺すような硫黄臭。タイヤのゴムに火が回ったのだ。炎は新しい燃料を得て更に活気づいた。

黒岩が拳銃を俺たちに向けてきた。

「いつ退院したんだ。元気そうじゃないか」

それは虚勢ではなかった。恐怖は微塵も感じなかった。逃げる気などさらさらなかった。心臓が鋼になっている。

「小賢しいマネしてくれるじゃねえか。さんざん無駄足を踏んだぜ」

黒岩は拳銃を明穂の方に向けた。

「殺したかったのは俺だろう。明穂は逃がしてやってくれ」

「おーっ、かっこいいー、ってかぁ？　おっさん、おまえ馬鹿かーぁ。かっこなんかつける余裕あんのかよーっ」

「健二のこと、知りたかったんじゃないのか？」

「やっぱり、てめぇが殺《や》ったんだな」

「違う。俺じゃない。本当の犯人は逃げている」

「なんだとぉー」

「それを聞きたくないのか？」

「ふん、ハッタリだろ」

その言葉に威勢のよさは感じられなかった。

「逃げろっ！」俺は叫んだ。

明穂が駆け出した時、黒岩の拳銃が火を噴いた。俺を狙っていた拳銃は、素早く標的を変えていた。明穂はバサッと倒れた。黒岩は倒れた獲物を見て残虐な笑みを浮かべた。

「待て待て。逃げるんじゃゃねぇ」

ハンターは撃ってから忠告した。明穂は呻いた。死んではいなかった。彼女は倒れたまま、両手で脚を押さえていた。銃弾は彼女の膝下に命中していた。

「さぁ。おっさん、お遊びはおしまいだ」

黒岩は拳銃を上下にゆっくり動かした。

「教えてもらおうか。健二を殺した奴は誰なんだ？」

「いいだろう。証拠を持っている」

黒岩の眉毛の片方がピクリと上がった。

「本当の犯人は」

黒岩から目を離さずにジャケットに手を入れた。再び手を出した時、俺の手の先から火が噴いた。

撃鉄を起こす時間は無かった。ダブルアクションで撃った。引き金は重く、腕にきた衝撃は大きかった。初めての射撃だったが、既に銃を手にしていた男が引き金を引くより早く俺の銃弾は黒岩の身体に命中した。黒岩は腹を押さえて倒れたが、奴の横にいた坂口の反応は速かった。

「このヤロー」

その怒鳴り声は、新しい銃声に掻き消された。坂口も拳銃を持っていた。それが火を噴いたのだ。しかし、坂口の銃を見た瞬間、俺は自分の意思とは無関係に大きく飛び跳ねていた。何か見えない力で突き飛ばされた。おかげで銃弾は俺の脇腹を掠っただけだった。命拾いした俺は即刻第二発を発射した。自分の意思で。しかし、
撃たれた！

予想していなかった場所から弾が飛んできた。肩をやられた。倒れたはずの黒岩が勇ましく立ち上って、俺に二発目の狙いをつけた。奴は不死身なのか？

銃撃戦はいつの間にか二対一になっていた。身体が焼けるように熱かった。自分の肩や腹や脚から夥《おびただ》しい血が出ていた。

耳をつんざく悲鳴が断続的に聞こえた。明穂の悲鳴だった。物凄い悲鳴を聞きながらも拳銃の引き金を引き続けた。それは自分の身体を穴だらけにする行為だった。突然、俺の銃から弾が出なくなった。もう一度、引き金を引いた。

「カチッ」

空しい音が響いた。それを合図に相手の拳銃も鳴りやんだ。

「この次は、自分が何発撃ったかくらい、数えておくんだな」

余裕たっぷりの声。一歩一歩、黒岩は俺に近づいてきた。俺は立っていられなくなり、地面にうつ伏せで倒れた。両手で腹を押さえた。首だけを上に向けた。

「おっさん、間抜け面しているじゃねえか。防弾チョッキってもん、知らねえのか？」

ドンパチを想定して、ヤクザは準備を怠っていなかった。俺は無様に呻きながら身体を丸めた。まるで瀕死の芋虫。もぞもぞと身体を捩った。

「さぁ、誰が健二を殺《や》ったか、吐いてもらおうか」

息をするのも苦しかった。顔は地面につけたままだった。自分の命が消えかかっていることを知った。

「ちっ、おまえ、もう駄目か」嘲《あざけ》るような声。

力をくれ！　最後の力を！　もうずっと神の存在など信じなくなった俺なのに……。

突然、風の音を聞いた。風は勢いよく俺の周りを舞い、霊気になって俺の命の中に入ってきた。

ゆっくりと再び顔を上げることができた。

俺を見下ろしているのは黒岩の顔……？　もうよく解らなかった。焦点が定まっていない。歪んだ嘲笑《ちょうしょう》だけを感じていた。俺は目を凝らした。

隠していた右手を一気に突き上げると、引き金に掛けていた指に渾身の力を込めた。

爆音が弾けた。

ああ、何ということだ!?　銃口から飛び出した銃弾は空中でピタリと止まっているではないか。銃弾の後方の丸い形さえもくっきりと見えた。くすんだ黄土色も。

いや、銃弾は止まってはいない。ジリジリと空気の中を這うようにまっすぐ進んでいる。

黒岩は口を開けて固まっていた。よく見えなかった黒岩の顔が、今でははっきりと見える。滑稽な顔だ。発射されるはずのない銃弾に睨まれて怯えている。

弾が切れた。それは奴を油断させる為に俺が仕掛けた最後の罠。奇妙なことだが、今朝起きた時、こうなる運命の予感があった。霊感とでも言うべきだろうか。だから明穂のバッグから密《ひそ》かに拳銃を抜いて隠し持っていた。

血まみれになりながら、俺は身体を捩《ねじ》り、取っておいた最後の銃弾を的確に弾倉に装填していた。

そして最後の銃弾を発射した。

それなのに、俺がぶっ放した銃弾は緩慢だった。あまりにも遅い。黒岩はゆっくり動いても楽々と銃弾を避けられそうに思えた。

しくじった。俺はしくじった。俺は最後の瞬間を待った。

しかし、黒岩は銃弾以上に動かない。固まっている。

無数の鴉《からす》が、けたたましく鳴きだした。

不気味な単調音が繰り返される。

興奮と鎮静が反復し、やがて混在化する。

ビートルズの『トゥモロー・ネバー・ノウズ』が響いていた。

サイケデリックな曲が終わりを告げる頃、俺は解った。銃弾が進んでいたことを。

黒岩の頭に銃弾がめり込んだ。いや解らない。黒岩の頭は消えていた。あのじれったいほど遅い銃弾も。

真っ白だった。視界は真っ白になった。何も見えない。白い霧の中、俺の意識も霞んできた。

＊　＊　＊

どれくらいの時間が経ったのだろうか？

意識は完全に戻っていた。しかし見える景色はすっかり変わっている。ごうごうと炎上していたステーションワゴンは黒焦げの貧相なボディを晒しているだけ。今や煙すら出ていなかった。ヤクザに似合わないキャンピングカーはそのままの場所にあったが、新たな車が二台増えていた。一台はパトカーだった。もう一台は普通のセダンだが、このルーフにも赤色回転灯が付いていた。

明穂が立っていた。泣きはらした顔をして地面をぼんやりと見つめている。彼女の横に男がいる。知っている顔だった。組織犯罪対策課の刑事。彼は明穂に何か話しているように見えた。

「おーい、俺はここにいるぞー」

私は二人に向かって叫んだ。二人には私の声は聞こえなかったようだ。いや違う。私自身、自分の声が聞こえなかった。私は自分が止まった景色を見ていることに気づいた。景色の中に住んでいる人間には、私の姿は見えないのだ。私の外で時間が止まっていた。明穂が撃たれたことを思い出した。彼女のスキニーパンツの片方、膝から下の部分が切り取られていた。白い包帯が巻かれている。応急処置がなされたようだ。傷は意外に軽傷だったのだ。

目が痛い。自分が視野狭窄《しやきょうさく》になっていることに気づいた。凄まじい経験をしたことで、身体に異変が生じたのだろう。しかし悲壮感は無かった。歳を取れば身体にガタがくるさ。私は気楽に考えることにした。すると視界は徐々に広がっていった。

ワンボックスカーが停まっているのが見えた。青い服の男が膝をついて地面にあるものを調べているようだ。もはや驚かないが、その男も固まったままで動いていない。

男の背中越しに何かが見える。頭に血を浴びたようになっている人間の顔だ。脳には大量の血液が循環している。その血液が頭蓋骨の銃痕から溢れ出たのだ。やはり私の銃弾は黒岩に命中した。

私が見ている景色は司法警察官が現場で検視を行っている瞬間なのだろうか。

坂口の姿も探したが、奴は見つからなかった。止まった景色を見ながら、自分の内側で時間だけが流れていくのを感じていた。そして徐々にこの不思議な状況が理解できた。私の外側で時間が止まっていると感じたが、正確には時間が止まったのではなく時間が恐ろしく緩慢に流れているのだ。

今、明穂は何もない地面に向かって泣いていた。おそらく彼女が今見ているのは、私の死体なのだ。私には自分の死体が見えないのだろう。どういう原理が作用しているのか理解できないが。

人間は臨死状態にある時、一瞬の短い時間を何年もの長い時間に感じられるという説を、どこかで読んだ気がする。推理小説の話だったかもしれない。

ある人は自分の人生を走馬灯のように追体験したり、また、別のある人は実際の人生とは違う別の人生を生きたりするという、そんな話と今の自分の状況を照らし合わせてみると、時間という点では通じるものがある。

私は死んでいる。もはやそれは受け入れなければならない。それにしても死んだから解ったことだが、人間というのは、死んでもすぐに意識が消えてしまうものではないらしい。仏教では死後の世界があるらしいことを聞いていた。こんなことなら、仏教について少し勉強しておけば良かった。

何日も何日も同じような景色を見ていた。いや、それは私の観念における時間であって、実際は一日も経っていないのは確実だ。私はまだ夜を見ていない。もはや肉体が存在しない私には目を瞑ることが出来ないのだ。

永遠に静止画を見続けるのは拷問だが、僅かに景色は変化していたので耐えられた。

悔しいが私は『千の風』にはなれなかった。あの歌のように、好きな場所に飛び回ることはできなかった。どうやら地縛霊になってしまったらしい。

行きたいと思う場所は一つだけある。幸恵さんの家。あの時は思わなかったが、永遠の別れになってしまった。

視界から明穂がいなくなった。彼女は担架に乗せられるのではなく、救急隊員の肩を借りながら、自分の足で歩いて救急車に乗った。私が見る世界は静止画のようだったから、確かなことは言えないが、少しびっこを引いていたかもしれない。

その後、刑事もいなくなった。日が沈んだことがわかった。やっと夜になったのだ。

それから何日かが経った。立入禁止を示すテープも外された。いつしか事件現場は事件前の穏やかな風景に戻っていた。ずっと同じ場所で景色を見ているはずなのに、細かいところの映像が抜け落ちている。私の記憶の容量を超えているのかもしれない。

何日も何日も私は同じ景色を見ていた。植物はこんな気持ちだろうか。いや、植物ではない。私はゴースト。飛べないゴースト。

私には考える時間が腐るほどあった。マロンは初めから明穂に懐いていた。明穂は嘘をついて俺に近づいてきた。マロンは賢かったが、明穂の嘘には気づかなかったのだろうか？　それとも気づいていながら、私に近づけたのだろうか？

優美が死んでから私は荒れた。自業自得だと思った。誰とも話をしなかった。幸恵さんは話し相手にはなれないことは知っていた。

そこへマロンが現れた。私はマロンを愛音だと信じるようになった。

明穂が現れて、明穂の中に私は優美を感じていた。

明穂自身が全く気づかない間に、死んだ優美が同じ歳の明穂の心に入り込んだようにも思える。私ともう一度生きるために。

優美が死んでから、私は生きることをやめた。マロンと明穂、このふたりが私の許に来てくれたから、私は再び生きた。それだけは確かなことだった。


時間はひたすら流れていた。

見飽きた景色に違うところを作ったのは明穂だった。

外の世界の時間に私が慣れてきたのだろうか。私が見る明穂は止まってはいなかった。普通に歩いていた。彼女は花束を抱えていた。大きな白い花びらが見えた。それは彼女の歩みと共にゆさゆさと揺れていた。

明穂は地面に花束を捧げた。私が死んだ場所だろうか。私は彼女の声を聞いた。いや、それが音かどうかは定かではない。夢の色を聞いたのかもしれない。

「お父さん、ロックンロールすぎるよ」

その台詞、気に入った。

「ひとつだけ、嘘をついたままになっちゃったことがある。まぁ、お父さんにとっては、どうでもいいことだと思うけどね……。あたし、整形はしていないよ。可愛いって言われて、反発したかっただけ。これはホントの顔……。お父さんとお母さんから貰った顔だもん。顔にメスなんて入れられないよ。あたしって意外と古風なんだ」

いや、どうでも良くはなかった。君の顔を正しく思い浮かべることができるから。

「それからね、あたし知っていたよ。あのメッセージ、お父さんが送ったんでしょう。健二が生きているように見せかけるために。健二を殺しちゃった優美ちゃんに殺人の容疑が掛からないように」

私は自分の喉があったと思える場所に力を入れて、声を出すことを試みた。

「明穂、ありがとう。

君に出逢わなければ、私は自分の人生を捨てたままだった。

後悔ばかりを繰り返し、酒に溺れ、
自分の残りの命を傍観したまま、

優美を不幸にしたヤクザに殺されて、それで終わりだった。

明穂、冒険をありがとう。

人生はルーレットじゃない。

君は自分の手で幸せを掴める人だ」

私の声は届いたのだろうか。明穂は小さく頷いたように見えた。

その時、私に猛烈な睡魔が襲ってきた。眠い。とても眠い。からだが……、いや、からだは存在しないが、ふわりと浮いていく感覚があった。地上からどんどんと離れていく。どうやら今度こそ、私は本当に天国に行けるようだ。

ＢＧＭが流れていた。私の人生において、いつもそうだった。最後はスローナンバー。Ａコードから始まった。

優美、愛音、もうすぐ二人に逢えるんだ……。遅くなってゴメンな。

There are places I remember

All my life though some have changed

Some forever not for better

Some have gone

And some remain

All these places had there moments

With lovers and friends I still can recall

Some are dead

And some are living

In my life I love you more

IN MY LIFE
John Lennon / Paul McCartney

覚えている場所がある

全て変わってしまった

幾つかが永遠に、良い方向ではなく

変わってしまった場所と

変わらない場所

それでも全ての場所で思い出がある

愛音、優美、二人のことは忘れられない

死んでしまったあなた達と

今まで生きていた私

人生で今こそ二人を最高に愛している

瞬那　浩人
関西大学大学院修士課程修了後、セイコーエプソンに入社。

商品開発や知的財産業務に従事し自身が発明者となる特許群を出願/権利化。会社員時代に初めて書いた小説が「小説現代・長編新人賞」の予選を通過し小説家を目指す。会社を退職後、「脱サラの小説家」として活動している。

著書は『下弦の月に消えた女』（セルバ出版/三省堂書店）、

『家出少女は危険すぎる』（平成出版/星雲社）、

『残された命の証し』（ヒーロー出版）　他

ザ・ブレット・イン・マイ・ライフ
The Bullet In My Life

2025年　1月　10日　初版発行

著者　瞬那浩人
発行者　千葉慎也
発行所　合同会社 AmazingAdventure
（東京本社）　東京都中央区日本橋3－2－14
新槇町ビル別館第一　2階
（発行所）　三重県四日市市あかつき台1－2－108
電話　050－3575－2199
E-mail　info@amazing-adventure.net
http://www.amazing-adventure.net/

発売元　星雲社（共同出版社・流通責任出版社）
〒112-0005　東京都文京区水道1-3-30
電話　03-3868-3275

印刷・製本　シナノ書籍印刷

ISBN978-4-434-35099-3　C0093
日本音楽著作権協会（出）許諾第2407232-401号